COLLECTION SÉRIE NOIRE
Créée par Marcel Duhamel

Parutions du mois

2465. NOTES DE SANG
(FRANÇOIS JOLY)

2466. ISAAC LE MYSTÉRIEUX
(JEROME CHARYN)

2467. LA NUIT DU CHASSEUR
(DAVIS GRUBB)

2468. LA BALLADE DES PENDUS
(STEVEN WOMACK)

1478. TOUT LE MONDE SONT LÀ !
(ED McBAIN)

FRANÇOIS JOLY

Notes de sang

nrf

GALLIMARD

À Jean-Paul Boutellier,
président du Jazz Club de Lyon,
directeur du Festival de Jazz de Vienne.

À toute son équipe :
Pierre Budimir, Pierre Domeyne, Philippe Delbergue, Jean Gueffier, Jean-Marc Jules, Michel Jules, Anne-Marie Kechichian, Jacques Launay, André Marcelin, Jean-François Merle, Michel Poncet, Jean-René Palacio, Philippe Simonci.

Un grand merci pour m'avoir accepté dans leur bande joyeuse et efficace d'anges gardiens des stars du jazz et de leurs musiciens : à Fred et Rodolphe Courpied, Éric Deschamps, Lionel Deudon, Guy Donikian, Fred Louvet, Yannick Mortier.

Sans oublier les reines du back-stage : Marie-Hélène Boutellier, Bernadette Buffaro, Annie Jules, Simone Jules, Aïcha Khellaf.

AVIS AU LECTEUR

Tout roman policier prend sa source dans une réalité plus ou moins évidente. Vienne, en Isère, est une ville paisible, à peine troublée, quelquefois, par des manifestations d'agriculteurs. Les meurtres y sont rarissimes et n'ont surtout pas lieu durant la période du Festival de jazz qui a le don de tempérer les esprits. Une organisation lyonnaise terroriste a bien existé, son procès a bien eu lieu, de lourdes peines ont été prononcées. Rien ne permet de supposer les rebondissements qui suivent et qui ne sont dus qu'à l'imagination de l'auteur.

Miles, à un moment, s'est mis à jouer quelque chose de tellement beau que j'ai failli tomber à la renverse et alors j'ai démarré, les yeux fermés, je volais.

JULIO CORTAZAR.

1

Il pleuvait. Un orage d'été, un gros. Le 30 juin. Un orage comme on n'en avait pas vu sur le théâtre antique de Vienne depuis des décennies. Depuis Carmen, vingt ans auparavant.

Stoïques, sous des trombes d'eau qui transformaient en cascade les gradins de l'imposant amphithéâtre romain, des milliers de fanas de jazz, après avoir applaudi Eddy Louiss et sa Multicolor Feeling Parade, eurent un frisson de colère. Art Blakey et ses Jazz Messengers n'avaient pas résisté aux seaux qui leur tombaient sur la tête. Ils étaient rentrés à leur hôtel. Heureusement, le Big Boss du Festival annonça que Dizzy Gillespie était là, que son intention était de jouer quels que soient les mouvements de colère de Zeus. Il faudrait attendre une demi-heure, le temps d'éponger l'eau qui, sournoisement, avait envahi le devant de la scène.

Un soupir de soulagement monta vers les cieux et d'aucuns, sans doute, envoyèrent un *satisfecit* mental à Dizzy qui devait aimer la pluie ; en soufflant dans sa trompette coudée ne donnait-il pas à sa figure l'apparence du crapaud-buffle des lointains bayous de la

Louisiane ou des marais bordant la Savannah River, lieu de son enfance, en Caroline du Sud.

Et la pluie cessa, caprice de l'été fantasque et des dieux peu sérieux et joueurs. Les gens se levèrent, s'étirèrent. La lumière crue des projecteurs fit danser des feux follets dans l'eau vernissant les pierres vénérables.

Malgré les vêtements de pluie, les parapluies, les bottes, la foule était trempée jusqu'à l'os. C'était à qui tordait une chemisette trop mouillée, cherchait une cigarette sèche dans un paquet gonflé, essayait de redonner quelque allure à des cheveux dégoulinants, décollait, du bout des doigts, une petite culotte d'un fessier lessivé.

Le temps de s'ébrouer, les conversations montèrent, les rires fusèrent, on se regarda, content d'avoir vécu cette galère dans une ambiance conviviale. On sortit les sandwiches, les bières ; le miracle de Vienne se renouvela, les gens se sentirent bien ensemble, on échangea la Kronenbourg contre le Coca, un bout de chiche kebab contre une merguez, une plaisanterie simplette contre un sourire entendu.

Le type se leva aussi, sautilla gauchement sur la pointe des pieds, se retourna pour regarder l'assistance, neuf mille personnes environ et là, par un hasard étonnant, il croisa un regard, celui de l'Horloger, cinq gradins au-dessus. Éberlué, il se passa la main dans les cheveux, se rassit précipitamment, frissonna, pas très sûr que l'autre l'ait reconnu.

Son pseudonyme, à lui, au sein de l'Organisation, avait été Argos, du nom de ce prince argien qui, durant son sommeil, gardait cinquante yeux ouverts sur les cent qu'il possédait. Bien entendu, c'était le Prêcheur qui l'avait surnommé ainsi, son rôle étant, lors des opérations, de faire le guet dans la rue : des années de marginalité lui avaient appris à déceler dans la cohue le moindre flic en civil ou ce qui clochait dans l'attitude des gens.

Le Prêcheur avait attribué à chacun un surnom en rapport avec la personnalité de l'individu ou avec sa fonction dans l'Organisation et qui sortait d'un trait d'esprit ou d'un cheminement intellectuel pas toujours facile à suivre. En cela, il n'obéissait pas tout à fait à la première règle essentielle de toute formation terroriste : ne pas donner un nom qui pourrait être l'amorce d'une piste permettant à la police de remonter au moindre d'entre eux. Mais le Prêcheur était un véritable intello ; s'il avait sacrifié à son goût du bon mot, il avait été très prudent et ses divagations culturelles n'étaient pas à l'origine de sa capture ni la cause de l'anéantissement du groupe.

Son surnom, le Prêcheur le devait au Disciple car, à l'origine, on l'appelait le Chef ou le Barreur par allusion au Grand Timonier et aussi au fait qu'il avait fait partie des Sauveteurs du Rhône dans sa prime jeunesse. Mais il ne pouvait garder ce pseudonyme trop explicite et qui permettrait, lors d'éventuelles enquêtes, d'identifier l'Organisation.

En période calme, en dehors des opérations, ils se réunissaient par petits groupes, encadrés par le Prêcheur et le Disciple, en différents lieux, pour faire leur autocritique. Inévitablement, toute discussion débouchait sur la politique. Alors, le Prêcheur, homme discret et peu bavard, devenait intarissable. Son ton montait, il monopolisait la parole. Ses yeux lançaient des éclairs, son nez se pinçait, les muscles de ses mâchoires se nouaient tandis qu'il croisait et décroisait les mains.

Certes, le surnom était un tantinet péjoratif ; le Prêcheur avait senti là comme une petite revanche cachée du Disciple qui lui était totalement dévoué mais qui, de temps en temps, devait ruer dans les brancards pour affirmer sa forte personnalité. Lors d'une séance d'autocritique, il avait avoué qu'il se rendait bien compte que, parfois, il se laissait emporter par son sujet et ne laissait pas toujours les autres s'exprimer comme ils l'entendaient. Il avait donc accepté le pseudonyme, très agacé, cependant, par l'éclair de jubilation entrevu dans le regard du Disciple.

Argos frissonna encore. Il se leva et sans regarder derrière lui, la tête rentrée dans les épaules, il entreprit, tout en évitant les gens, de sauter de gradin en gradin pour se diriger vers la sortie. Sa voiture n'était pas loin. Il avait largement le temps d'aller se changer dans son véhicule. Dans son sac, il gardait un autre blue-jean, un tee-shirt, des baskets un peu trouées et un pull informe qu'une copine lui avait refilé avant l'été.

Tout en ruminant un flot de pensées, il se dirigea vers le parking par un dédale de petites rues où, derrière des planches posées sur des tréteaux, des marchands ambulants apostrophaient les passants. La plupart étaient de jeunes Arabes qui vantaient les mérites de leurs merguez dont l'âcre fumée s'incrustait dans les vêtements.

Argos envisagea de mettre des kilomètres entre l'Horloger et lui. Il songea que la logique habituelle se vérifiait, que celui qui tirait les ficelles s'en sortait toujours. Le Prêcheur et le Disciple n'avaient pas parlé, n'avaient rien avoué. Les autres non plus. Dans toutes les guerres, ce sont les soldats qui se font baiser avec quelques autres qui se croient des chefs et se sentent investis d'une mission alors qu'ils sont manipulés. Argos pensa aussi que Gillespie se faisait très vieux, que le créateur du be-bop avec Kenny Clarke et Charlie Parker ne reviendrait peut-être plus jamais à Vienne, que c'était l'occasion à ne pas manquer. Il avait payé sa place. Il avait de petits moyens. Sa passion l'emporta.

2

Il revint dans le grand amphithéâtre mais monta très haut dans les gradins. Tout le public était revenu, belle constance après le déluge.

Il rechercha l'endroit où il avait aperçu l'Horloger. Il emprunta même, un court instant, des jumelles à un voisin. L'Horloger avait disparu.

Dizzy fut impérial avec son orchestre à majorité de latinos et les duos exécutés avec le trompettiste Arturo Sandoval enthousiasmèrent le public.

Argos apprécia le concert mais pas aussi pleinement qu'il l'aurait voulu. Son plaisir fut gâché par la présence de l'autre. Il se redit qu'il aurait dû partir. Il le sentait quelque part, les yeux rivés sur lui, l'épiant. Il essaya de se ressaisir : non, c'était un effet de son imagination ; au milieu de cette foule, l'autre ne pouvait l'avoir remarqué. Comme les personnes excédées par la pluie, il était parti ; il ne devait pas se souvenir de lui, un obscur, un traîne-savates qui, grâce à l'Organisation, avait trouvé une famille. En quoi l'Horloger pouvait-il s'intéresser à lui alors que tous ceux qui avaient été pris avaient fermé leur gueule et que les autres s'étaient enfoncés dans l'anonymat le plus absolu ?

Un an, déjà, que le procès avait eu lieu. Une véritable saga, l'histoire de ce groupe terroriste qui avait semé la panique durant plusieurs années à Lyon, dans la région Rhône-Alpes et même au-delà. L'Organisation révolutionnaire avait collectionné les attentats, les hold-up, les prises d'otages : une quarantaine de délits officiellement répertoriés mais des dizaines d'autres, impossibles à prouver.

Le Prêcheur s'était fait prendre bêtement avec le Disciple lors du casse d'une banque. Ils ne pouvaient pas prévoir qu'ils tomberaient sur une horde de flics, venus pour un hold-up prévu dans la même banque, à la même heure, par deux crétins qui s'étaient vantés de leur projet, quelques jours auparavant, auprès d'un indic patenté de la préfecture de police.

Au domicile du Disciple, on trouva un épais cahier d'écolier où, dans la plus pure tradition maoïste, il faisait son autocritique. Un livre d'or pour les enquêteurs car, dans cette liturgie des très riches heures du terrorisme, le numéro deux de l'Organisation ne se contentait pas de remettre en question son comportement mais il donnait des dates, des heures, des lieux, des surnoms.

Pour les policiers, ce fut une mine, mais aussi un véritable jeu de piste car rien n'apparaissait clairement et beaucoup de protagonistes, au lieu d'être désignés par des sobriquets, l'étaient par des initiales.

Les flics, qui pataugeaient depuis dix ans, s'y mirent d'arrache-pied. Le juge chargé de l'instruction, le commissaire chargé de l'enquête avaient avalé tant de couleuvres qu'ils en faisaient une histoire personnelle. Grâce au cahier, ils trouvèrent Vulcain, l'Ébranleur, la Sirène et Fangio. Ceux-là ne parlèrent pas davantage que les premiers et plongèrent dans un silence méprisant. Les flics ramassèrent encore Iago, Kreutzer, la Cédèmone, Neimann et la Taiseuse. Ils passèrent des mois à approfondir la personnalité de chacun en s'entourant de psychologues, de psychiatres et d'érudits pour saisir le sens caché des surnoms. On se serait douté que Fangio conduisait, que Neimann devait être un expert en serrures et coffres-forts, mais les autres ? Vulcain, un fabricant d'armes ? La Cédèmone, une Grecque venue de Sparte ? Kreutzer, un fana de Beethoven ? Parker, un saxophoniste alto ou un as du stylo ? Et tant d'autres.

Au procès, confondus par des preuves techniques, empreintes digitales, images vidéo prises par les caméras des banques, analyses balistiques des armes retrouvées à leur domicile, les terroristes ne firent aucune concession. Ils sortirent de leur mutisme pour invectiver le tribunal, insulter les flics et les matons. Ils avaient assassiné froidement aussi bien des pauvres types que des gens représentant à leurs yeux la société pourrie ; ils n'eurent pas l'air de s'en souvenir. Ils poussèrent de longues diatribes contre le grand capital et la justice de classe. Ils menacèrent les jurés qui eurent la trouille et démissionnèrent. Ce fut un grand show. *Libération* se vendit bien.

Ils furent condamnés à de lourdes peines de prison : perpétuité pour le Prêcheur et le Disciple, avec une période de sûreté de dix-huit ans. Vingt ans pour les autres. Les femmes furent relâchées, sauf une, leur temps de prison avant les procès couvrant leur condamnation.

Si, pour l'opinion publique, cela représenta un sacré coup, pour la police, ce n'était pas suffisant. Trop de gens étaient passés au travers. Des types ayant du sang sur les mains couraient encore : des garages, des appartements, des voitures volées, des planques restaient impossibles à situer. On n'avait retrouvé qu'une infime partie du matériel et des armes que le groupe avait soigneusement dissimulées dans des caches très dispersées auxquelles aucun indice ne permettait d'accéder.

Et le fric ? Au fil des années, ils avaient amassé des millions. Dans une seule planque, la police avait trouvé quatre cent mille francs, bien rangés, en liasses d'origine de la banque. Où était le reste ? Dans un coffre en Suisse ? Ce n'était pas leur genre. Dans d'autres planques identiques ? Probablement.

En accord avec leurs idées, ils vivaient comme des prolos. Leur grande force avait été de ne pas dilapider les sommes colossales qu'ils amassaient dans un but mystérieux. Pas de jeux, pas de sapes, pas de putes, pas de bolides pour frimer, rien à l'image de vulgaires gangsters qui, après un gros coup, se font repérer par un train de vie sans rapport avec leur situation.

Ils s'habillaient à Carrefour, s'alimentaient dans les fast-food ou les cafétérias des grands magasins, baisaient les gonzesses de leur groupe et, lorsqu'ils volaient une voiture, c'était toujours une Renault ou une Peugeot, produite à des dizaines de milliers d'exemplaires. Le Prêcheur leur avait donné le goût de l'ascèse, ils étaient riches de leur pauvreté. Après un casse qui se soldait par plusieurs millions, ils repartaient chacun avec un billet de cinq cents balles pour vivre, c'était tout. Comble de prudence, cette modeste dîme n'était pas prélevée sur l'argent volé mais venait directement de la poche du Prêcheur ou du Disciple.

Dès leur arrestation, Argos avait vécu sur des charbons ardents, redoutant, à chaque coin de rue, que les flics ne lui bondissent dessus. Une deuxième fois orphelin, paniqué, il avait sauté dans sa 4 L pourrie et s'était planqué au hasard de ses connaissances, en faisant un tour de France un peu spécial. Tout d'abord, il s'était terré chez un baba-cool vieillissant qui sculptait des pièces de jeu d'échec dans du bois exotique, quelque part sur le plateau de Langres. Ensuite, il avait vécu en grande banlieue parisienne chez un paraplégique, informaticien de petit génie, qui vivotait de piratages de logiciels éducatifs. Il avait aidé un manchot à pêcher la civelle dans le Marais vendéen et s'était enfoncé dans l'Ardèche batave pour vivre aux crochets d'une illuminée nordique qui, tout en produisant de la farine de châtaigne, cultivait un arpent de cannabis.

Au fil des mois, Argos avait repris de l'assurance, se confortant dans l'idée que, si les autres étaient cohérents et en harmonie avec les idées qu'ils prônaient, ils ne lâcheraient rien. Mais, au moment du procès, n'allaient-ils pas se déballonner ?

Ils tinrent bon. Il put vraiment souffler. Après tout, il était entré dans le groupe par désœuvrement, par goût de se trouver dans une équipe, de n'être plus seul, plutôt que par sympathie politique. Lors des séances d'autocritique ou de discussions politiques, il ne comprenait pas grand-chose et trouvait ces moments particulièrement chiants. Il n'était pas bête, simplement un peu paumé. Il avait une culture de hasard, des tas de souvenirs et aucun projet. Heureusement, le Prêcheur semblait l'avoir à la bonne et, surtout, l'avait initié au jazz. Quelle révélation !

Auparavant, la vie d'Argos avait été, musicalement, rythmée par du rock trop braillard et trop bruyant. Le Prêcheur lui fit découvrir le New-Orléans, le swing, le bop, le West-Coast, même le free, tous les grands courants, des îlots de tendresse et de rêverie, des volcans de violence, des vagues de tristesse et de mélancolie. Il vécut, désormais, les écouteurs d'un baladeur rivés aux oreilles et, son seul luxe, dans la mansarde qu'il habitait rue Bonnefoi à Lyon, fut une petite chaîne stéréo. Pendant les planques, durant les longues heures précédant la réalisation d'un coup, le Prêcheur, avec la patience d'un prof de seconde, fit son éducation. S'il échoua, sans le savoir, sur le plan politique, il réussit totalement sur le plan musical. De temps en temps, avec un clin d'œil, sans mots inutiles, il lui glissait une cassette. C'est à cause de ces marques de gentillesse et d'une reconnaissance un peu dévote envers le seul être qui faisait cas de lui, qu'Argos, après le premier meurtre, n'avait pas fui, tout en sentant bien que le Prêcheur et le Disciple n'étaient pas des gens qu'on abandonne si facilement.

Bien entendu, il avait suivi le déroulement du procès dans la presse, s'attendant chaque jour à ce que son pseudonyme soit cité. Il le fut mais ce n'était, de la part des policiers, qu'un exemple parmi tous les surnoms et les initiales qu'ils déclaraient être incapables de décrypter.

On ne parla jamais de l'Horloger, du moins dans les médias. On peut supposer que, si le personnage était apparu important dans les confidences du Disciple, cela aurait filtré d'une manière plus ou moins intentionnelle, ne serait-ce que pour permettre à tous les indics et cafteurs de renifler la piste. Pourtant, Argos avait senti que ce type était autre chose qu'un simple contact au sein de l'Organisation. Il était sapé comme un riche, costume trois-pièces, cravate en soie, pompes en croco et montre rutilante. Il était entré dans une rage folle lorsqu'Argos l'avait trouvé en compagnie du Prêcheur dans un studio de Bron où, suivant les ordres, il n'aurait pas dû retourner. Il avait fait un accroc à la consigne absolue car il avait oublié deux cassettes de Monk et pensait que le Prêcheur ne pourrait lui en vouloir. Sur le moment, Argos ne réalisa pas pourquoi ce type était aussi furieux, dérangeant la belle ordonnance de sa coupe de cheveux à deux cents balles. Il écumait. Argos pensa à un film de Rossif sur les najas cracheurs. Par la suite, il comprit qu'il avait été le seul du groupe, en dehors des deux chefs, à connaître son existence. Le soir même, il apprit son surnom en surprenant une conversation entre le Prêcheur et le Disciple où le premier s'inquiétait de la rencontre, l'après-midi, entre Argos et l'Horloger. Le Disciple avait haussé les épaules, courroucé, en disant qu'ils étaient tous dans la même galère et que, des colères de l'autre, il se foutait.

Ce qui avait surtout frappé Argos, en dehors du côté BC-BG de l'inconnu, c'était l'attitude respectueuse du Prêcheur à son égard. Lui, qui apparaissait comme le chef incontesté de l'Organisation, lui, qui menait le groupe avec l'autorité d'un officier de la Légion étrangère, lui, le doctrinaire, il s'était montré déférent presque obséquieux comme si, tout d'un coup, le chef s'effaçait devant une autorité qui lui était supérieure. Le général visité par le ministre.

Le surnom même d'Horloger avait fait réfléchir Argos. Qui était ce mec qui ne participait à aucune opération et ne se mouillait dans aucun coup ? Quel était son rôle ? Pourquoi avait-il, avec le Prêcheur, des relations privilégiées ? Une seule fois, il en avait parlé au Disciple. Celui-ci l'avait toisé d'un air étrange, la question ne pouvant comporter qu'une seule réponse. Il avait dit :

— Je n'en parlerai pas, c'est entre nous, je n'ai rien entendu.

Argos comprit que le Disciple venait de lui faire un beau cadeau. Par la suite, tout en s'étonnant de cette marque d'amitié de la part d'un type aussi farouche, en se souvenant du regard porté sur lui, il avait eu, souvent, des frissons dans le dos.

3

Le concert finit tard. Après plusieurs rappels, Dizzy s'en alla, arborant son large sourire d'hipster[1] mélancolique. D'un dernier salut de la main tenant sa trompette, le vieux bopper regagna l'ombre des coulisses.

Argos se sentit bien seul. Le Prêcheur lui manquait. Lui laissait-on écouter sa musique, en taule ? Était-il obligé de se peler la musique choisie par l'administration ? Vanessa Paradis, France Gall ? Vraiment la punition.

Si le Prêcheur avait été là, il n'aurait pas manqué de lui commenter la soirée, il aurait surtout fait l'analyse des musiciens accompagnant Gillespie. Ils auraient bu quelques bières, avalé une merguez-frites et fumé une boîte de cigarillos. Plus que jamais, Argos ressentit que le jazz est un art qu'il faut vivre à plusieurs. Il fut très triste, comme après l'amour, lorsqu'une femme pressée s'en va et ne laisse dans la

1. Terme propre au jazz-bop signifiant *initié*. De nos jours on dirait *branché*.

pièce que son parfum et une empreinte molle dans un grand lit vide.

Il resta un bon moment dans le bel amphithéâtre. La foule s'était diluée. Sur la scène, les techniciens s'affairaient, le piano à queue noir et luisant retrouvait sa housse de grand standing.

Au lieu de descendre par les gradins, Argos passa par les vomitoires. Ils étaient déserts, bien éclairés. Il avait trente-cinq ans depuis quelques jours, plus beaucoup de cheveux, l'air souffreteux, l'allure chétive de ceux qui ont trop galéré.

Les derniers marchands ambulants pliaient bagage avec la célérité des gens qui savent que leurs heures de sommeil sont comptées. Après les lumières du théâtre, les rues paraissaient sombres et mal éclairées.

Sur la place de l'Hôtel-de-Ville, près de sa petite voiture, une énorme Mercedes détonnait. Lorsque Argos arriva à sa hauteur, la portière arrière s'ouvrit. Avant de distinguer les traits du conducteur de la grosse cylindrée, il sut qui il était. Il n'esquissa aucun geste de défense, aucun mouvement de fuite, un peu par lassitude, beaucoup par fatalité.

Une main gantée le saisit aux cheveux tandis que l'autre lui enfonçait dans l'œil la lame d'un long tournevis qui lui perfora le cerveau. La mort fut instantanée.

L'assassin ouvrit la 4L, allongea le corps à l'arrière sur les coussins, lui plia les jambes et ferma la portière.

4

Comme chaque année à la même époque, la première quinzaine de juillet, Curveillé était en vacances.

Son entreprise de dépannage en tous genres fonctionnait à plein régime lorsque les corps de métiers étaient défaillants, c'est-à-dire chaque jour à partir de dix-huit heures, le week-end, les jours fériés et les vacances.

Ce n'était donc pas la bonne période pour s'arrêter mais le jazz régnant à trente et quelques kilomètres au sud de Lyon, rien au monde ne l'aurait empêché de tout abandonner pour assouvir sa passion. L'entreprise n'en souffrait pas et fonctionnait aussi bien, sans Curveillé, grâce à Sabah, son associée. Celle-ci trouvait que son ex-patron, maintenant partenaire, ne lui laissait pas suffisamment la bride sur le cou pour gérer leur affaire et prouver ainsi qu'une Beure intelligente et splendide peut réussir dans le business.

Bien que trois ans se soient écoulés depuis la mort de sa compagne, Curveillé était souvent morose, vivait seul, s'abrutissant de travail.

La majeure partie de ses loisirs était occupée par les concerts, le Hot-Club de Lyon, un abonnement au

Théâtre des Célestins où il allait en voisin, la lecture, l'écoute d'enregistrements de jazz sur sa chaîne très sophistiquée. Il regardait peu la télévision mais ne manquait pas les informations, les matchs de rugby et les courses de Formule 1.

Il voyait, de temps en temps, quelques copains et se rendait, au moins une fois par mois, à Charbonnières, sur les hauteurs de Lyon, chez Saryan, un richissime Arménien, amateur de Big Band.

Il entretenait avec le vieil émigré des relations très fortes et très distantes. Très fortes, parce que les deux hommes se devaient beaucoup ; très distantes, parce que Curveillé ne voulait pas tomber dans une amitié trop prenante avec un personnage que les scrupules n'avaient jamais gêné.

Le marchand d'armes avait bien compris l'ambiguïté des sentiments de son jeune ami. Il n'en concevait aucune amertume. Au contraire, il appréciait encore plus le Lyonnais. Celui-ci ne s'avouait qu'à peine une autre raison, certainement la plus fondamentale : la fille de l'Arménien, aux sentiments de laquelle il ne se sentait pas encore apte à répondre et qui, elle, ne cachait pas sa passion.

Régulièrement, il retrouvait Mario Morizio, l'homme de confiance, l'éminence noire de Saryan. Le Sicilien exerçait sur Curveillé une fascination admirative due à un passé aventureux et à une personnalité hors du commun. En dehors de son patron et de sa famille, auxquels il était lié par une dette mystérieuse, Morizio n'avait aucune attache.

Il s'était pris d'affection pour ce type qui, malgré sa profonde honnêteté, s'était trouvé mêlé à des histoires cruelles que seule la fatalité expliquait et qui, sans l'intervention de Morizio, grand exécuteur de la dernière chance, se seraient soldées par un désastre. Pour l'heure, le programme de Curveillé en vacances était simple mais bien rempli : lever peu tardif, petit déjeuner léger en lisant deux ou trois quotidiens, flânerie dans les rues de Lyon, de la presqu'île, rue de Brest, rue du Président-Édouard-Herriot, place des Jacobins, quelques achats en solde, la rue du Temple, le quai Saint-Antoine et retour rue Mercière, sa rue, où se posait le premier problème épineux de la journée : où déjeuner ?

En ce deuxième jour de juillet, la rue Mercière ressemblait à une rue romaine. Des trottoirs, débordaient les tables et les chaises des restaurants qui se suivaient, d'imposantes portes cochères, en deux longues traînes de nappes colorées. Le côté latin était accentué par des palmiers élancés placés, tous les dix mètres, dans de vastes jardinières en bois. Le soir, une foule de curieux, de touristes, de promeneurs, déambulait au milieu des dîneurs en regardant, sans complexe, le contenu des assiettes. On pensait à l'Italie, à l'Espagne, à la Grèce, sauf qu'ici les plats relevaient d'une tout autre gastronomie.

Curveillé opta pour le Cicéron qui affichait un filet de carpe au vin rouge. Il prit en entrée une salade lyonnaise de scarole coupée fin avec des lardons chauds. Le filet de carpe au vin rouge se révéla excellent. Il finit par un saint-marcellin accompagné de beurre frais. Il trouva la combinaison heureuse, arrosa le tout de deux verres de saint-joseph, prit un café et refusa l'armagnac hors-d'âge du patron. En attendant l'addition, il eut quelques pensées salaces en voyant s'affairer la serveuse rondelette du restaurant à côté. Elle présentait deux seins laiteux dans un décolleté béant et sa robe lui collait au train comme celle de Marilyn Monroe dans *La Rivière sans retour*.

Il paya, pensa que Lyon demeurait encore le seul endroit au monde où pour moins de cent francs, on pouvait faire un repas de ce niveau-là. Il monta chez lui. C'était presque en face, de l'autre côté de la rue.

Il mit un disque du Duke et s'endormit sur le canapé en rêvant de femmes opulentes tandis que le saxophoniste Paul Gonsalves produisait son légendaire solo dans *Diminuendo and Crescendo in Blue*.

5

Curveillé se réveilla lorsque le disque compact s'arrêta, prit une douche et revêtit sa tenue de festivalier : chemise Lacoste, pantalon écossais en seersucker, chaussettes en fil, mocassins Sebago. Dans la poche revolver du pantalon, il mit une pochette avec les documents de la voiture, des billets de banque, l'abonnement au Festival.

Il rejoignit la voie express à la hauteur de Perrache. France Info signalait dix kilomètres de bouchon avant le tunnel de Fourvière. C'était un lieu commun. On aurait pu penser que cette attente forcée régulariserait la circulation en direction du sud. Au contraire, elle n'avait fait qu'exacerber l'inconscience des fous du volant. La descente vers le Midi relevait d'un duel entre des milliers de focards se prenant pour Prost et Senna.

Curveillé arriva à Vienne vers dix-sept heures. Il sortit de la malle arrière de sa vieille 505 un grand sac capitonné qui lui servait de coussin dans les gradins et qui contenait des vêtements de pluie et un sweat-shirt en cas de fraîcheur. Il y ajoutait souvent deux ou trois boîtes de Fisher et un sandwich qu'il confectionnait lui-même.

Ce soir, il n'avait ni boisson ni casse-croûte mais ce n'était pas les marchands de bibine et de merguez qui manquaient. Il s'installa à la terrasse d'un bar, place de l'Hôtel-de-Ville, commanda une mousse et regarda la foule se concentrer en vue du premier concert de la journée.

Le Festival de la petite sous-préfecture de l'Isère était devenu, en dix ans, une manifestation de renommée mondiale. Soixante-dix mille spectateurs, en douze jours, voyaient défiler le gratin du jazz. Miles Davis y produisait régulièrement sa musique caméléon ; ses concerts ainsi que ceux d'Art Pepper, de George Russel, de Mike Brecker étaient dans toutes les mémoires. Dizzy Gillespie, Arthur Blythe, Herbie Hancock et quelques autres prenaient ici leurs quartiers d'été. Des animations diverses faisaient swinguer la cité : bœufs dans les bistrots, cours de danse à la MJC, cours de jazz à l'école de musique et, en avant-première, chaque après-midi, pour se mettre en bouche, un concert gratuit devant la mairie, avec des musiciens aussi importants que ceux qui se produisaient sur la grande scène.

Curveillé aimait bien Vienne. Il y entretenait de solides amitiés depuis son adolescence. Rien ne le prédisposait à atterrir dans cette petite ville rendue célèbre par Fernand Point, le grand maître de tous les cuisiniers modernes.

Il se morfondait, alors, dans une boîte à curés snob et en avait marre qu'on lui reproche ses mauvaises notes, indignes d'un bon chrétien. Il avait fini, non sans quelques horions, par obtenir que son père l'inscrive dans un lycée. Il avait gagné une victoire éphémère sur l'auteur de ses jours mais, surtout, n'étant plus soumis à la vindicte cléricale, il avait, grâce à Dieu, conservé la foi.

À l'époque, déjà, rares étaient les établissements scolaires qui enseignaient le grec et le latin, choix obligatoire pour Curveillé dont la nullité en mathématiques n'avait d'égal que sa répulsion pour la physique et la chimie. Son père attendit le dernier moment, tergiversa encore. Curveillé tint bon. Huit jours avant la rentrée, les inscriptions étaient terminées, les classes organisées. Il ne resta que le lycée de Vienne où le proviseur, M. Lagir, helléniste distingué et esthète charmant, s'empressa de caser cette recrue providentielle dans une division de cinq élèves qui pérennisaient, à eux seuls, l'enseignement du grec en classe de seconde.

Curveillé vécut là les plus belles années de sa vie. Certes, après les culs-bénis aux soutanes élimées, il eut droit aux marxistes sectaires, aux staliniens du dernier soir, mais il avait appris à se méfier en se rendant à la chapelle. Il comprit que les bibles et les gros traités sont souvent pervertis par ceux-là mêmes qui veulent qu'on les honore. Il devint sceptique. Pas trop, car il croyait en l'amitié. Simplement, il eut pour copains des fils de prolétaires, d'immigrés, de petits commerçants qui le changèrent des branleurs, fils de notaires et de noblaillons râpés.

Il découvrit la mixité. Les filles ! Comment avait-on pu les lui cacher ? Il mit les bouchées doubles.

Avec les années, la vie, avec le temps qui s'en va sans qu'on sache très bien comment il a fui, les amitiés s'étaient émoussées, mais au moment du Festival, presque par magie, elles renaissaient au hasard des rues, des bistrots, des gradins. On ne s'était pas vu depuis des mois, d'autres amitiés, ailleurs, d'autres liens s'étaient créés et, pourtant, d'un seul coup tout resurgissait et c'était l'occasion de ressasser avec délice cent histoires de potache : les profs, les pions, les enseignements dont on gardait la nostalgie, les cours du Chap, du Nang, de Baba, les amours du jeudi après-midi, l'école de danse du père Fuster, montée des Épis, où on apprenait le mambo, le cha-cha-cha et le boogie.

Curveillé n'avait pas besoin de guetter ou de partir à la recherche de quelques connaissances. Les choses se faisaient naturellement, les copains rappliquaient, sans en avoir l'air, décontractés, sûrs d'eux.

Au milieu d'un solo du batteur Rashid Ali, une main se posa sur son épaule, une voix lui chuchota à l'oreille qu'il était étonnant qu'il s'intéressât, maintenant, au free-jazz. Au terrible accent bas dauphinois, il reconnut Pierdo, taciturne responsable d'actions culturelles qui ne s'animait qu'en parlant de western et de théâtre classique et qui devenait dithyrambique en évoquant Jerry Lewis. D'autres types s'assirent, aux alentours, sans un mot, avec un clin d'œil de connivence.

À dix-neuf heures trente, ils étaient toute une bande de vieux gamins rieurs à monter vers le théâtre antique. À eux, se joignirent encore les deux directeurs de la MJC que Curveillé écouta d'une oreille distraite commenter le meurtre, commis la veille, sur la place qu'ils venaient de quitter.

Il se sentit tout à coup très malheureux mais il avait l'habitude de ces brusques moments de tristesse venant gâcher la moindre joie. Tout le ramenait à Lola : une odeur, un verre de vin, un geste, une image, une femme rapidement entrevue derrière la vitre d'un bus. C'était Béa, la compagne d'un des deux directeurs qui lui avait présenté Lola, ici, à Vienne, quelques années auparavant. Comme elle lui manquait ! Les femmes rencontrées depuis n'avaient été que des coups rapides et biologiques.

Pierdo lui avait susurré que le free-jazz n'était pas son truc mais la musique militante des Noirs des années soixante s'était assagie ou, avec le temps, les oreilles s'étaient accoutumées à ces discordances, ces absences de thème et de swing, ces profusions de bruits parasites. La musique de Richard Abrams n'était plus dérangeante, celle de David Murray pleine de fraîcheur. Les Noirs avaient voulu que le jazz soit leur seule affaire, ils en étaient revenus. Les Blancs étaient à nouveau sur la même longueur d'onde, le jazz redevenait la musique de tous. Tant mieux. Ce fut splendide.

À la fin, abasourdi, convaincu d'avoir été le témoin d'un concert historique, le Lyonnais alla boire avec ses copains un dernier demi au café du Commerce. Là, un quartette de lycéens, dirigés par un batteur à l'épaisse coiffure blonde et bouclée, tentait laborieusement, mais avec la fougue de la jeunesse, de ressusciter Paul Desmond. Vers trois heures du matin, il rentra à Lyon par l'autoroute, sans se presser, à cent à l'heure, goûtant la nuit fraîche et les reflets des lumières de la rive droite dans le large fleuve paisible qui s'écoulait au ras de l'autoroute.

Il prit une douche rapide et se coucha.

Longtemps, il conserva l'image de la grande scène de Vienne, les cuivres, le grand piano Bösendorfer luisant sous les projecteurs, le mur d'images. Il s'endormit, passant de la réalité au rêve sur un tempo recréé pour lui.

Quelques heures plus tard, un bruit insolite bouleversa son rythme intérieur. Il émergea du sommeil avec regret. Ce n'était ni le téléphone ni un réveille-matin indiscipliné. Il se leva, trouva en tâtonnant le bouton de l'écran de visualisation connecté avec la caméra qui donnait sur sa porte d'entrée, dans la rue. Il vit trois têtes, trois inconnus.

Engourdi, pas du tout furax, pas du tout intrigué car pas encore tout à fait conscient, il s'enquit :

— C'est à quel sujet ?

— Police, nous intervenons sur commission rogatoire de Madame le juge Estelle Grand. Je suis le commissaire Grevisse, voici mes deux adjoints, les inspecteurs Thomas et Niobey. Veuillez nous ouvrir.

6

Le commissaire présenta sa carte tricolore à l'œil de la caméra. Curveillé ouvrit, constatant qu'il était six heures cinq, heure légale pour entrer aussi bien chez les braves gens que chez les truands. La loi était immuable : pour surprendre le mari ou la femme volage, pour rafler les derniers meubles des insolvables, il fallait toujours attendre les laudes.

Les trois hommes étaient bien vêtus, rasés de près, sentant une eau de toilette coûteuse. Ils donnaient dans le genre cadre moyen distingué.

Curveillé, lui, ne présentait pas l'aspect de l'ennemi public numéro un. Il était pieds nus, engoncé dans une vaste sortie de bain rayée bleu et bordeaux d'où émergeaient une tête aux cheveux en bataille, aux yeux bouffis, et deux jambes poilues et blafardes dont la chair rappelait ces poulets qui n'appartiennent plus, depuis longtemps, à l'ordre des gallinacés grâce au progrès de la chimie agro-alimentaire.

Toujours en dehors du coup, il écouta les explications du commissaire, crut comprendre qu'un meurtre avait été commis à Vienne, se souvint, soudain, qu'il avait entendu ses copains commenter l'événement et regretta de ne pas avoir fait plus attention.

Il émergea définitivement lorsque le commissaire lui signifia que l'affaire le concernait.

— Monsieur Curveillé, à partir de maintenant, vous êtes placé en garde à vue. C'est-à-dire que, durant vingt-quatre heures, éventuellement reconductibles après une visite médicale, vous ne pourrez communiquer avec personne. Vous êtes entièrement à la disposition de la justice. En votre présence, nous allons procéder à une fouille de votre appartement, puis nous vous interrogerons. Le code de procédure nous oblige à vous mettre les menottes et à vous immobiliser afin que vous ne puissiez ni vous échapper ni tenter de correspondre avec une tierce personne.

— Je suppose que téléphoner à un avocat ou à une relation officielle n'est pas possible, dit Curveillé qui s'étonnait lui-même de son calme devant une telle atteinte à sa vie privée.

— C'est ça, répondit le commissaire.

— Quand pourrai-je le faire ?

— Passé ce délai de vingt-quatre heures, si vous êtes libéré, inculpé, ou incarcéré.

— Bien, maintenant que vous vous êtes introduit chez moi, que vous allez fouiller et probablement tout foutre en l'air, j'aimerais savoir de quoi il s'agit exactement et en quoi je suis fautif, s'exclama Curveillé.

— Nous procéderons à votre interrogatoire plus tard et vous saurez ce que vous avez à savoir, répliqua d'un ton plus sec le commissaire.

Les rôles s'affirmaient mais ce n'était ni du théâtre ni un jeu. Ils lui mirent une pince au poignet, fixèrent l'autre au bras d'un lourd Voltaire où il s'assit. S'il tentait de s'enfuir, il devrait se coltiner le siège imposant dans les couloirs, les escaliers, la rue. Il ne passerait pas inaperçu. D'ailleurs, ce n'était qu'une idée, comme ça, qui lui passait par la tête car pourquoi s'enfuirait-il ? Il n'avait rien à se reprocher.

Rien ? Enfin, c'était vite dit car, dans l'affaire de Lola ou celle de Bix, plus récente, son parcours avait été jalonné de cadavres. Le drame de Lola avait débouché sur un non-lieu. Le sauvetage de Bix, son compagnon de la guerre d'Algérie, n'avait laissé aucune trace, grâce à Morizio ; du moins en était-il persuadé jusqu'à ce jour.

Il regarda les policiers œuvrer. Il se sentit terrorisé au fond de lui-même, bien que, dans son regard et dans toute son attitude, rien ne le signalât. Il se souvint que son père, qui avait connu les camps nazis et s'en était échappé par miracle, lui avait dit que, même lorsqu'on est dans son droit le plus absolu, l'intervention de la police crée un sentiment de culpabilité irraisonné, vieille angoisse refoulée des temps où l'individu n'était rien face aux pouvoirs.

Dans les films policiers, les flics retournent les tiroirs, renversent les étagères, font valser les livres et les bibelots des bibliothèques, bouleversent de leurs grosses pognes pas très nettes le bel ordonnancement des piles de linge dans les armoires. Ceux-là agissaient avec calme, remettant chaque objet en place, une fois qu'il avait été examiné sous tous les angles.

Ils procédaient d'une manière systématique, d'un coin d'une pièce à l'autre, ne laissant rien au hasard, ne dédaignant aucun objet : envers des photos de famille et des assiettes anciennes accrochées aux murs, dessous des lampadaires et des pots de fleurs dont la terre était minutieusement sondée, creux des tringles à rideaux, intérieurs des bouchons des bouteilles d'apéritifs ou de whisky.

En les voyant agir, Curveillé découvrit des tas de cachettes possibles auxquelles il n'aurait jamais pensé, les modèles du genre restant le bac à glace du réfrigérateur, la chasse d'eau, le pot à café soluble.

Ils ne disaient presque rien. Parfois, ils prenaient quelques notes sur un petit carnet ou s'interrompaient pour échanger, à mi-voix, des phrases hâtives dont Curveillé ne saisissait pas le sens.

Ils scrutèrent particulièrement les disques et les cassettes, ce qui, vu la collection impressionnante, leur prit beaucoup de temps. Ils sortirent chaque disque de sa pochette, examinant avec une extrême attention les étiquettes recto et verso, les chemises intérieures et la pochette elle-même.

Curveillé eut du mal à dominer son exaspération lorsqu'ils attaquèrent la grande bibliothèque du salon. Ils se mirent à feuilleter tous les livres et documents. Au rythme de leur examen, ils n'auraient pas fini à midi. Non seulement la bibliothèque contenait des centaines de volumes, mais l'appartement regorgeait de bouquins.

Il allait manifester sa colère, quand un des inspecteurs entreprit de fouiller le scriban en noyer où Morizio avait aménagé une cache pour y dissimuler un automatique.

Le Lyonnais n'était pas chaud pour garder, chez lui, un engin de mort. Son ami avait insisté, arguant les périodes troubles qu'ils avaient traversées et qui impliquaient un hypothétique règlement de compte. Curveillé avait tenu à ce que l'arme soit bien dissimulée, redoutant qu'un voleur quelconque s'introduisant dans son appartement trouve, là, un outil pour d'autres conneries plus graves. Morizio avait déclaré que la cache était suffisante pour que des amateurs pressés ne la découvrent pas mais qu'elle n'échapperait pas à des professionnels.

L'inspecteur trouva.

Il appela son chef. Le commissaire prit l'arme du bout des doigts. Elle était dans un sac en plastique transparent. Il vint à Curveillé, tout en examinant l'arme soigneusement.

— Voilà déjà un motif d'inculpation, dit-il, détention d'arme prohibée.

— D'accord, s'offusqua Curveillé. Je suis chez moi, à mon domicile. Quatre-vingt-dix pour cent des Français sont équipés d'une manière ou d'une autre, en cas d'agression à domicile.

— C'est vrai, dans un sens, répondit le commissaire, mais ils ne sont pas équipés, comme vous dites, avec un Browning GP 35 de fabrication belge, récent, calibre 9 mm, avec deux chargeurs de treize cartouches, dont un tient à la crosse par du sparadrap. Ce n'est pas une arme d'amateur, plutôt de tueur. Elle a été conditionnée par un pro. Toutes les indications spécifiques extérieures ont été soigneusement limées et il doit en être de même pour les pièces non visibles, en particulier la culasse.

— Je ne suis pas un expert. Je ne vois pas de quoi il s'agit.

— Avant de venir, j'ai étudié votre curriculum vitæ. Vous avez fait la guerre d'Algérie. Vous n'êtes pas un novice en ce qui concerne les armes.

— Quel rapport ! Si vous croyez qu'on s'occupait des pattes de mouches gravées sur nos flingues.

— Je suppose, reprit le policier, que si je vous demande où vous vous êtes procuré cette arme vous allez me répondre, un soir, dans un bar, à un inconnu qui avait besoin d'argent. Vous aviez lu dans les journaux que Lyon connaissait une recrudescence d'agressions. Vous aviez peur. Vous n'avez pas pensé à mal en achetant une arme de première catégorie.

— Oui, c'est à peu près ça.

— Autre question. Vous connaissez Luc Cantet, alias Argos ?

— Ce nom ne me dit rien, le pseudonyme encore moins.

— C'est le type qui a été assassiné, voilà trois jours, à Vienne. Ça ne vous dit toujours rien ?

— Non.

— Et vous, vous étiez où ce soir-là ?

— À Vienne.

— Tiens ! Quelle coïncidence !

— La même que pour des milliers de Lyonnais qui assistaient au concert de Dizzy Gillespie.

— Vous avez bien fait vos études au lycée de Vienne ?

— Dites donc, vous avez vraiment bien potassé mon curriculum. J'y ai même passé le bac.

— Et vous avez dû connaître Revel, alias le Prêcheur ?

— Revel ? Le Prêcheur ? J'y suis ! Vous pistez encore les gens de l'Organisation révolutionnaire lyonnaise. Je croyais que tous avaient été pris, le jugement rendu, l'affaire close.

— Pas depuis le dernier meurtre.

— Quel est le rapport ?

— Ça, c'est notre problème.

— Oui, mais qu'est-ce que je viens foutre là-dedans, à part le fait que j'ai été deux classes au-dessus, dans le même lycée, du grand chef de l'ORL ?

— Vous ne connaissiez vraiment pas Luc Cantet ?

— Non, je vous l'ai déjà dit, ce nom ne me dit rien. Il était aussi au lycée, lui ?

— Non, mais, apparemment, vous deviez être assez intimes.

— Ça alors ! Mais d'où sort-il ? S'il avait passé, ne serait-ce que deux ans au lycée, je m'en serais souvenu. Nous nous connaissions tous, les internes encore mieux. Du lycée sont sortis, comme à toutes les époques, des instits, des toubibs, des profs, des ingénieurs mais aussi deux maquereaux, un député, un conseiller général, une call-girl notoire. De mes deux voisins de lit, au dortoir, l'un est chimiste à Péage-de-Roussillon, l'autre ingénieur du son des plus grands réalisateurs de cinéma. Bien entendu, j'ai connu le Prêcheur, c'était un bon copain, agréable, cultivé. Il a pris une mauvaise piste, suivi un chemin bien différent d'un autre de ses copains, le commissaire Jean-Edgar Mardin qui, lui, est resté mon ami.

Évidemment, Curveillé avait gardé le commissaire pour l'effet. Il ne manqua pas son but. Les trois flics se regardèrent aussitôt ; en particulier, les deux inspecteurs qui, tout en continuant de fouiller, ne perdaient pas une miette de l'interrogatoire.

— Vous connaissez Jean-Edgar Mardin ?

— Eh oui, sinon je n'y aurais pas fait allusion. Nous avons trimé sur le même banc pour obtenir le bac à une époque où c'était un examen sérieux.

— Bon, O.K., vous le connaissez un peu.

— Non, je ne le connais pas un peu. Quand on a joué dans la même équipe de rugby et couru les mêmes filles, quand on a sué sur les mêmes devoirs et refait le monde en arpentant en blouse grise une cour de lycée monastique, ce n'est pas se connaître un peu. Quand trente ans après, on déjeune ensemble régulièrement, quand on a la larme à l'œil en évoquant notre prof d'anglais, ce n'est pas se connaître un peu. Quand on est très fier de se dire, lui, que les voyous le respectent parce qu'il est connu pour ne pas employer certaines méthodes policières indignes, moi, qu'en Algérie, pendant la guerre, je crois avoir été un mec propre, ce n'est pas se connaître un peu, ce n'est peut-être pas être intimes mais c'est du solide.

Dit d'un trait, cela faisait du bien. Curveillé avait lâché les vannes, ses yeux flamboyaient.

— Ne vous fâchez pas ! dit le commissaire d'un air pincé, nous allons vérifier.

— C'est ça, vérifiez, mais ne me prenez pas pour un con. Téléphonez bien à Jean-Edgar Mardin, JEM pour les amis, et n'oubliez pas de lui dire qu'après avoir débarqué chez moi à une heure indue, vous m'avez accroché à mes meubles, vous prenez des mines de vieilles filles constipées pour fouiller chez moi, sous le prétexte fallacieux que j'étais dans la même ville, à la même heure où un type s'est fait dessouder.

Dans une série télévisée policière classique, le Lyonnais aurait pris deux claques, histoire de lui rappeler les convenances. S'il avait été arabe, il aurait pris des gnons. Les deux inspecteurs haussèrent les épaules et continuèrent leur quête systématique et laborieuse.

Le commissaire prit un air inspiré pour demander.

— Pour l'automatique, Mardin, il est au courant ?

Curveillé, un court instant, imagina ce que cette question laissait entrevoir. Ce type qui l'interrogeait, ne croyait-il pas avoir mis le doigt dans une affaire incroyable ? N'essayait-il pas, sous un air anodin, de faire plonger un collègue ? N'avait-il pas l'affaire de sa vie ?

Soudain, il eut peur.

Le commissaire insista.

— Répondez à ma question.

— Quand vous achetez un paquet de capotes anglaises, dit Curveillé, vous en parlez à votre femme ?

— Je n'achète pas de capotes anglaises, répondit l'autre agacé.

— Alors, méfiez-vous du sida, rétorqua Curveillé simplement pour la satisfaction d'avoir le dernier mot.

Il venait, sans aucun doute, de marquer quelques points. Cela ne se nota ni dans un changement d'attitude, ni dans une brusque accélération pour écourter la visite. Ils l'ignorèrent.

En milieu d'après-midi, lorsqu'ils eurent achevé leurs investigations, au lieu de lui mettre les pinces dans le dos, ils les lui mirent devant et posèrent un imperméable sur ses poignets liés. Les deux inspecteurs le tinrent fermement, chacun par un bras, pour aller de la rue Mercière à la place Saint-Nizier où ils le placèrent, entre eux, à l'arrière d'une voiture banalisée.

Curveillé ne put faire aucun signe à Sabah qui se tenait derrière le bureau d'accueil de leur entreprise, à côté de la porte de sortie de l'appartement. À son air interrogateur, au regard qu'elle lui lança, il sut qu'elle avait remarqué le quatuor insolite formé par les trois inconnus et son associé. Qu'allait-elle faire ? Avertir Morizio ? C'était le seul point faible du Sicilien. Il était capable de s'attaquer à n'importe qui, de réduire toutes les citadelles, sauf, vu son passé, de se frotter à la police.

Un quart d'heure plus tard, le Lyonnais rongeait déjà son frein en tournant comme un ours en cage dans un local de l'hôtel de police, une pièce nue, hormis un lavabo, un verre en plastique, une chaise, un lit en fer recouvert d'un matelas informe et d'une couverture défraîchie. Le coup de pied qu'il donna dans la porte lui renvoya un son sourd et blindé. La fenêtre à barreaux donnait sur un mur gris. Les vitres étaient protégées par un épais grillage. Pas moyen de fuir, ni de se pendre, ni de sauter, ni de se taillader les veines. Pas moyen de communiquer, ni d'essayer de prouver sa bonne foi. À la disposition de la justice, voilà. La loi. La loi française. La garde à vue. Attendre. Attendre le bon vouloir de quelqu'un, comme si la justice n'était pas, surtout, au service de l'individu. C'était bien la France, malgré les bonnes paroles des gardes des Sceaux, des juges, des avocats, avant même d'être jugé, condamné, dès que le système se mettait en route, vous étiez un taulard.

7

On lui servit un sandwich enveloppé dans un papier de cellophane. Le pain sentait le mazout et le jambon avait un arrière-goût de poulet.

Il réclama une bière, un café et un paquet de Winston.

Un gardien de la paix, muet comme un cyprinidé, lui apporta un café et une cigarette, une seule, une gitane blonde. Il la lui alluma d'un geste peu assuré, avec autant d'expression dans le regard qu'une limande à l'étal. Curveillé se garda de lui confier qu'il ne fumait pas depuis plusieurs années et qu'il n'était pris du besoin irrésistible d'en griller une que dans les moments de grande tension.

Il passa de l'abattement le plus profond à la colère la plus noire lorsque deux sbires entrèrent, portant une table, trois chaises et une machine à écrire, suivis par le commissaire qui tenait à la main un dossier peu épais. Il s'enquit de l'emploi du temps de Curveillé le soir du crime, nota le nom des gens qu'il avait rencontrés, le nom du bistrot où il avait fini avant de rentrer chez lui. Le type qui tapait à la machine prit le tout avec la lenteur et l'application d'un bénédictin copiant la Bible de Charles le Chauve. Excédé, Curveillé faillit lui dire d'aller prendre quelques cours du soir chez Pigier. Le commissaire ne fit aucun commentaire. Au bout d'une heure, il se leva et s'en alla avec ses gens et son matériel, laissant le Lyonnais suffoquer de rage rentrée.

Bien avant qu'il fasse nuit, on lui resservit un autre sandwich aussi triste que le premier. Mais l'ordinaire s'améliorait car, en plus du café brûlant venant probablement d'un distributeur automatique et de la cigarette, il eut droit à un grand verre de bière.

Le gardien qui l'avait servi revint au bout d'une demi-heure, récupéra les papiers de cellophane, les trois verres en plastique, les deux mégots et un bout de couenne. Curveillé demanda à aller aux toilettes. Il était déjà tard ; ils ne rencontrèrent personne dans les couloirs. Il dut laisser la porte des w.-c. ouverte. Avait-on peur que les gens se pendent à la chasse d'eau ? Le flic, question de bruits et d'odeurs, en avait supporté de plus ignobles. Il attendit l'œil vide, l'oreille absente et les narines bouchées, le règlement, la routine, l'indifférence ne lui laissant pas la moindre idée de la profonde humiliation que l'autre subissait.

En se penchant au-dessus du lavabo pour se laver les mains et bassiner son visage d'eau tiède, Curveillé se regarda dans la glace qu'éclairait un néon trop cru. Il ne se vit pas à son avantage : la cinquantaine fripée, l'œil battu, l'air minable. Il pensa au *Zéro et l'Infini* d'Arthur Koestler. L'idée ne lui plut pas.

De retour dans le local, malgré sa répugnance pour le matelas douteux, il s'allongea dessus. Les yeux grands ouverts, il regarda par la fenêtre le bleu ciel passer à l'outremer. Des martinets, très hauts, jaillissaient derrière le grillage et les barreaux, comme des doubles-croches sur une portée.

Il était vingt heures trente, le 3 juillet. Scott Hamilton et son quintette, avec la ponctualité chère au Big Boss du Festival, pénétrait sur la scène du théâtre antique. Un très vieux monsieur était assis au premier rang, sur une chaise de jardin, tout à fait à gauche de la scène. C'est à peine si quelques personnes remarquèrent les cheveux d'argent et l'impeccable costume crème. Dans un peu plus d'une heure, à son tour, monsieur Cab Calloway dirigerait ses musiciens. Il esquisserait quelques pas de danse, le Big Band, sous sa main de fer, gronderait tel un grand fauve assagi. Comme au temps du Cotton-Club, dans les années trente, Mister Hi-De-Hi-De-Ho repousserait une mèche rebelle, sourirait de toutes ses dents de cheval et les gens auraient le vertige fugace qu'en jazz le temps n'a pas de prise.

L'outremer vira au bleu nuit. Les martinets se changèrent en étoiles. Curveillé garda les yeux fixés sur la fenêtre, seul, désespérément seul.

Il ne dormit pas, rumina, roula dans sa tête des idées confuses. Les moindres bruits arrivaient à son corps inerte et prêt à exploser : portes qui claquent, pas lointains, cris, frôlements, pétarades, éclats de voix, grincements. Les heures furent longues, hachées de souvenirs à éviter, de pulsions baroques, de pensées incontrôlables, de chagrins ineffaçables.

Tôt le matin, la figure hilare qui s'interposa dans son champ de vision ne le fit pas sursauter. Il passa, simplement, de la rêverie débridée à la réalité. Toute sa hargne contenue, toute sa violence maîtrisée, tous ses hurlements rentrés trouvaient leur récompense. Celui qui devait venir, était là : une boule de muscles un peu enveloppés, des cheveux rares et bouclés, une denture de carnassier, un visage bronzé où pétillaient deux yeux d'un bleu des mers du sud : Jean-Edgar Mardin, commissaire de police, bon vivant, bon père de famille, ami, flic avant tout.

— Si je m'attendais à te trouver là, un jour ! s'esclaffa-t-il.

— Oui, c'est très marrant, dit Curveillé, vous, les flics, quand vous voyez un mec en cabane, même si c'est un copain, ça vous fait bander.

— Eh, calmos ! J'ai fait plus de trois cents bornes pour te sortir de là ! Je suis en vacances à Agde, à la Tamarissière, on retape un vieux barlut avec ma femme et mes gosses. On est ancré sur l'Hérault au milieu des canisses et des moustiques, je ne sais pas si tu vois le sacrifice.

Curveillé voyait très bien car JEM, quand il ne jouait pas aux gendarmes et aux voleurs, était dévoré par la passion de la navigation et de tout ce qui touchait de près ou de loin aux bateaux. Il passait ses loisirs à renflouer des coques en bois qui n'étaient plus de mode et son plus grand plaisir était de trouver un type, aussi fondu, qui avait besoin d'un coup de main pour usiner un étambot, polir un brion, visser un barrot.

— Tu peux m'expliquer pourquoi je suis ici ? demanda Curveillé.

— Tu dois bien avoir une petite idée, non ?

— JEM, je n'ai aucune idée ! J'adore les plaisanteries mais, dans la situation présente, je n'ai pas de goût pour les devinettes. Tes collègues ont débarqué, hier matin, style FBI-intellos-sapés. Ils n'ont pas été bavards, plutôt méprisants ou suffisants, assez en tout cas pour me mettre mal à l'aise et me faire transpirer salement.

— Tu sais qu'un type a été descendu à Vienne ?

— Oui, un type a été tué à Vienne, O.K. J'y étais, O.K. Je ne le connais ni de Ruth ni de Booz, O.K. Où est la raison pour m'encabaner ?

— Écoute, tu te calmes, on va sortir. Je t'invite à un gueuleton aux frais de l'administration, ce qui est plutôt exceptionnel. Tu as été paluché et photoché ?

— Décidément, c'est mon jour faste, dit Curveillé d'un ton navré, voilà que tu me parles comme à un dadais boutonneux.

— Mais non, dit en riant le flic. C'est le langage maison pour savoir si on a pris tes empreintes et si on t'a photographié.

— Il n'aurait plus manqué que ça ! Non.

— Mais c'est la logique de la procédure, mon vieux.

— Et alors ?

— Alors, en clair, mes collègues n'ont pas été aussi coincés que tu le dis. Ils n'ont rien trouvé, du moins pas ce qu'ils cherchaient. Ils ont vérifié ton emploi du temps. Ils m'ont appelé, ce qui prouve qu'ils t'ont cru. J'ai pu joindre le juge. Tu as eu une garde à vue « soft », comme on dit.

— Oui, on ne m'a pas tapé dessus parce que j'ai fermé ma gueule et, si on ne m'a pas fauché mes lacets et ma ceinture, c'est parce que je porte des mocassins et que mon pantalon tient tout seul.

— Tu es marrant, mec, dit le flic, tu es le premier à gueuler que la police ne fait pas son boulot, qu'elle lâche les voyous avant de s'assurer de leur pedigree et dès qu'on t'applique le système de contrôle le plus efficace, dès que cela te touche, tu n'es plus d'accord.

— Et si j'avais une femme, des gosses, ou ma mère qui se fassent du mouron ?

— C'est la loi, merde, il faut bien se renseigner et

vérifier les dires et les alibis des gens. Après tout, tu es majeur, tu peux disparaître quelques jours.

— Et ma secrétaire, mes amis, mon associée, ma famille peuvent me chercher partout, je suis rayé du monde des vivants, c'est le blanc complet, ma vie s'arrête, sauf pour vous.

— Écoute, je me suis débrouillé comme un chef pour te sortir de là. J'ai remué ciel et terre et emmerdé un tas de gens, cette nuit. Tu es resté là le minimum. Tu ne vas pas me le reprocher !

En parlant, le commissaire avait poussé son ami dans le couloir.

Auprès d'un fonctionnaire chenu et visiblement au bord de la retraite, dans un bureau exigu, Curveillé récupéra ses affaires, signa deux ou trois formulaires et se retrouva à l'air libre, en apparence toujours aussi furieux, mais, au plus profond de son être, divinement soulagé.

Ils allèrent chez lui. Ils firent du café très fort et engloutirent un nombre impressionnant de croissants et de brioches au beurre qu'ils avaient achetés à la croissanterie du Bar Américain, rue Grenette. Au passage, Curveillé avait rassuré Sabah qui avait eu le réflexe évident de téléphoner à Morizio.

Sans hésitation, le Silicien avait averti Saryan. Celui-ci s'était adressé au plus haut niveau. On avait été très circonspect avec lui. Il n'avait pas insisté, se réservant le moment opportun pour intervenir par tous les moyens. Sachant son ami entre les mains de la police, il avait été plutôt rassuré, sa crainte étant qu'il ait été enlevé par des truands pour des raisons que Morizio et lui ignoraient.

Côté musical, Jean-Edgar avait des préférences marquées pour les vieux rockers américains. Il dénicha un disque d'Elvis oublié par un coup facile, se versa un grand verre de jus d'orange, quitta son blouson et s'étala sur le grand canapé. Son copain qui passait en petite tenue, pour se rendre à la salle de bains, lui demanda :

— Tu ne te sépares jamais de ton silice ?

Il désignait l'appareillage d'épaule maintenant l'étui où se nichait, sous le bras, un impressionnant revolver Smith et Wesson 357 Magnum.

— Non jamais, répondit le flic, à part le soir et le dimanche, lorsque je suis en famille. La nuit, il est sous ma table de nuit, à portée de main.

— Pourquoi ? Risques de représailles ?

— Qui sait ? Je n'ai jamais eu de problème. Il existe une règle tacite entre les voyous et nous. On ne touche pas à la famille. La femme, les gosses restent en dehors. Maintenant, avec les terroristes, les drogués, les fous et tous les tarés qu'on laisse courir pour faire, soi-disant, de la psychiatrie en milieu ouvert, les règles ne sont plus les mêmes. Quelles réactions humaines peut-on attendre d'une lope qui fout une bombe dans un grand magasin au rayon jouets ?

— Les vrais truands ont donc une morale ?

— Absolument. Par exemple, lorsque avec mon équipe on a chopé un type et qu'on sait qu'il va en prendre pour des années, je lui ménage une entrevue avec sa femme, voire sa mère, dans un coin. Ce n'est pas légal mais...

— Mais c'est humain et un peu démago, non ?

— Pas pour moi. Bien sûr, je fais gaffe. Je ne lui fais pas rencontrer ses potes ou n'importe qui. Souvent, la femme, la mère ne sont pas complices, ni même informées, alors cela ne change rien.

— Tu es un flic exemplaire !

— Te fous pas de moi. J'essaye de faire mon boulot correctement. Avec mon équipe, une fois qu'on a pris un voyou, en dehors de la paperasse et des témoignages au tribunal, notre travail est terminé, on passe à une autre affaire. Les considérations morales, l'appréciation des délits commis, les jugements de valeur, c'est le job des autres. Moi, je n'ai pas à me comporter en salaud, en redresseur de torts ou en vengeur de la société. Pour quoi faire ? Satisfaire mes goûts sadiques, rouler les mécaniques auprès de types qui se sont crus des demi-dieux, parce que, avec un pétard à la main, ils ont vu les gens s'allonger à leurs pieds ? Je préfère que leurs nanas leur roulent une pelle entre deux portes, que leurs gosses les regardent avec de gros yeux noyés de larmes, qu'ils subissent les reproches d'une vieille mère paniquée. Ils redeviennent humains, à ce moment-là, et ils s'en souviennent par la suite.

— Et ça te donne bonne conscience.

— Pourquoi pas ? Tu te souviens de la tare qu'on avait comme pion au lycée, un grand et gros con, l'œil fuyant et la lèvre baveuse. Il nous attendait devant la grande porte quand on revenait de chez nous, le lundi matin. Il nous disait avec son air d'arriéré mental : il faudra bien que je trouve un motif de colle, ces jours-ci, pour vous garder le prochain week-end. Je ne l'ai jamais oublié celui-là. Il doit encore sévir dans l'Éducation nationale, à l'affût des branleurs solitaires.

— Il m'était sorti de la mémoire. Tu lui en veux toujours ? Ta référence négative, c'est donc ce faux derche ?

— Il ne faut pas exagérer l'importance de ce con mais, depuis, j'ai toujours eu horreur des abus de pouvoir et je pense qu'il faut faire très attention à ne pas se servir de son autorité pour faire chier les gens. J'ai toujours pensé que, dans la police, on pouvait rester propre. On parle des flics pourris, jamais des autres. On doit façonner une nouvelle image de marque, ne plus s'inféoder à un parti politique, ne plus aller prendre les ordres ailleurs.

Curveillé, vêtu en tout et pour tout d'un slip, une paire de chaussettes à la main, considérait son ami, l'air ironique et assez content de lui-même. Il avait réussi à le faire sortir de sa bonhomie naturelle. Il questionna encore.

— Et ta femme, elle est armée à la maison ?

— Ce n'est pas le Far West chez nous ! dis donc, tu dois jubiler, tu as réussi à me brancher, n'est-ce pas ? On cause, on cause mais tu ferais bien de te récurer, tu commences à sentir.

JEM quitta ses chaussures, se répandit sur le canapé, eut un soupir d'aise. Son copain n'eut plus qu'à s'éclipser.

8

Curveillé fit peau neuve. Il passa de la crasse à une propreté rédemptrice. Il s'étonna de ne pas être plus choqué par ce qu'il venait de vivre. Il ricana très fort en passant des vêtements, ce qui fit sursauter Jean-Edgar qui ne posa pas de question, englué dans cette espèce de torpeur délicieuse que les Méditerranéens appellent la sieste du chanoine et qui précède, chez les oisifs et les prélats, un grand repas.

À treize heures trente, ils se glissèrent sur la banquette du restaurant de La Voûte, chez Léa. Ils s'installèrent au fond, dans un minuscule décor verdâtre, le dos au mur, l'un, parce que la guerre d'Algérie lui avait laissé trop de traces, l'autre, par nécessité vitale et professionnelle. Ils commandèrent un gâteau de foie de volaille et un tablier de sapeur. En entrée, ils prirent une salade de mesclun et, bien que le patron leur recommandât le beaujolais maison, ils optèrent pour un crozes-hermitages rouge et ne le regrettèrent pas.

— Si tu m'expliquais, maintenant, dit Curveillé.

— Tout commence ou tout recommence, devrais-je dire, avec l'assassinat de Luc Cantet, alias Argos à Vienne, samedi soir.

Jean-Edgar Mardin avait abandonné son aspect rigolard. Les rides, en pattes-d'oie, autour des yeux, s'étaient creusées. Le regard ne contenait plus une once de plaisanterie et avait pris une dureté métallique qui devait mettre bien mal à l'aise tout interlocuteur qui n'avait jamais approché le policier.

— Luc Cantet, reprit-il, on ne connaît pas. Aucun casier, pas de petits délits, pas de grivèlerie. Il faut spécifier qu'on a eu peu de temps pour gratter. Quand je dis « on », ce sont les copains, bien sûr. Par contre, Argos, on le retrouve presque à chaque page des confessions du Disciple. Je n'ai pas à t'expliquer qui était le Disciple. Tu te souviens, lors du procès de l'Organisation lyonnaise, nous avons beaucoup discuté ensemble du Prêcheur, du Disciple et des autres. Cantet est donc assassiné à Vienne. Un fait divers banal sauf que les collègues, en fouillant son domicile, tombent sur un classeur où sont soigneusement répertoriés tous les articles ayant trait à l'ORL. Tu peux me dire : un passionné d'intrigues policières, un maniaque, un sympathisant. C'est vrai et on pourrait en rester là, mais, un des inspecteurs trouva mieux : une photo faite avec un polaroïd, sur une plage, cinq ou six ans auparavant. La qualité est médiocre. On discerne trois hommes et deux femmes, un pin parasol, un pédalo échoué avec la raison sociale du loueur affichée, en italien, sur un flotteur. Cantet a écrit de sa main, au dos : le Prêcheur, Gina, le Disciple, Lucia, Argos. Les deux femmes sont inconnues, probablement des produits de consommation locale. La photo doit correspondre à une virée sur la Riviera italienne, San Remo, Bonassola. Les confessions du Disciple en parlent un peu mais ne semblent pas y attacher beaucoup d'importance.

C'était une courte période de détente, entre les moments d'intenses activités. Oui, mais maintenant, on découvre qu'Argos, c'est Cantet.

— Argos était donc un personnage important dans l'Organisation, au même titre que les deux autres ? s'exclama Curveillé.

— Pas du tout. Un sous-fifre, un troisième couteau. Grâce aux confessions, on connaît son rôle au sein du groupe. Il guettait, faisait le pet, comme on dit, sur le trottoir d'en face, devant les banques, à l'intérieur d'une voiture banale, noyé dans la foule.

— Alors, pourquoi le tuer s'il n'a aucune importance ? Les principaux responsables sont en taule. L'aventure est finie ?

— Non ! Argos, après s'être planqué, a cru pouvoir resurgir. Il savait que nous étions au courant de son existence mais incapables de mettre un nom sur son surnom. Au plus fort des interrogatoires, ses potes avaient fermé leur gueule, ce n'est pas maintenant qu'ils allaient le donner. Finie la clandestinité, puisque personne ne le pistait ; il pouvait replonger dans une vie normale. En fait, avait-il vraiment disparu ? On ne le saura jamais, car, manque de pot, on le bute.

— Les types qui sont incarcérés n'ont pas commandité ce meurtre ? demanda Curveillé.

— Je ne vois pas quel avantage ni quelle satisfaction ils en tireraient, dit Mardin. Le Prêcheur et le Disciple sont condamnés au maximum. Nous les avons à l'œil en prison. Nous surveillons de très près leur courrier et les contacts qu'ils peuvent avoir par le parloir. Ils ne sont pas dans les mêmes centrales. Les autres condamnés du groupe ont été, eux aussi, ventilés dans des prisons différentes. Nul ne peut en vouloir à ceux qui sont dehors, ce n'est pas de leur faute s'ils sont en cabane. Et puis Argos pouvait servir encore. Pour faire parvenir une aide matérielle, du fric, voire préparer une évasion.

— Alors ?

— Alors, brutalement, on découvre qu'on s'est fait pigeonner. À la fin du procès, nous n'étions pas dupes, le plein n'avait pas été fait mais, moi le premier, nous étions convaincus que les membres de l'Organisation en cavale ne constituaient que du menu fretin ; privés de chefs et d'idéologie, ils se garderaient, pour toujours, de faire de grosses conneries, l'alerte ayant été trop chaude. Argos, s'il n'était pas mort, me donnerait raison. Maintenant, j'ai la conviction que nous nous sommes trompés sur toute la ligne.

— Bon, dit Curveillé, il serait temps de passer à ce qui me concerne et que tu m'expliques ce que je viens foutre dans ce méli-mélo.

— Tu n'as pas de veine. Mes collègues ont épluché l'appartement d'Argos. Tu les as vus procéder, ils donnent dans la dentelle. Le gars avait une impressionnante collection de disques et de cassettes de jazz. Au dos de quelques pochettes, ils ont trouvé des noms, celui du Prêcheur et le tien.

— Le mien !

— Oui, le tien, Pierre Curveillé. Tu imagines l'association d'idées et de personnes. Les mecs sautent sur les rapports de police, les PV, les confessions du Disciple. Ils y passent le jour et la nuit, le week-end, rien. On ne trouve nulle part tes initiales ni un surnom qui collerait. Ils s'informent auprès des RG[1] et

1. Renseignements généraux.

ceux-ci leur refilent du gâteau : tu as fait tes études au bahut de Vienne, même époque que le Prêcheur, pas dans la même classe mais obligatoirement tu as été en contact.

— Bon sang !

— Mieux, les RG font état de tes études à Lyon et à Grenoble, de ta passion pour le jazz. Ils annoncent que tu as fait la guerre d'Algérie, que tu étais tireur d'élite dans un commando anti-OAS, que, probablement, tu en es revenu un peu sonné. C'est du délire, d'autant qu'ils surenchérissent en te décrivant comme un type qui a fait tous les métiers après avoir été hippie à Ibiza.

— Ils me fabriquent le costume du terroriste parfait.

— Absolument. On ne peut rêver mieux. Tu aurais passé quelque temps en Allemagne, rencontré quelques verts ou anciens situationnistes, vécu dans un squat parisien, tu avais l'image idéale du grand terroriste international.

— Il faudra qu'on discute, un jour, sur les informations que détiennent les RG, sur la façon dont ils les recueillent et les exploitent. C'est inadmissible. Mais, comment des disques m'appartenant ont-ils pu atterrir chez ce type que je ne connais pas. Tu te souviens des disques, des titres, des musiciens ?

— J'ai noté tout ça.

Jean-Edgar sortit un papier plié en quatre de sa poche et une paire de lunettes demi-lune qui lui donna un air vieillot.

— *The Empty Foxhole* d'Ornette Coleman, *That's what* de Cecil Taylor et *Ghost* d'Albert Ayler dit-il. Tu veux les titres des plages ?

— Inutile, ce sont des disques de free. Je n'écoute

plus cela, depuis des années. Pas étonnant qu'ils ne m'aient pas manqué. Je ne vois toujours pas.

— Moi, j'ai vite compris, heureusement pour toi, parce que je te connais bien. Il a fallu persuader le juge. Elle n'a pas été tout de suite convaincue d'autant que je l'ai sortie, par téléphone, de son premier sommeil mais elle a été très bien.

— Une femme ?

— Oui. Sois tranquille, dans ce métier, elles sont mieux que les hommes. Je lui ai expliqué la situation. Le lycée, les copains, nous. Je t'ai décrit. Surtout, je lui ai dit que pendant plusieurs années, tu avais animé à la MJC de Vienne des soirées sur le jazz, bien avant que le Festival existe.

— C'était les années soixante-dix, c'est déjà loin. On était une quarantaine autour d'une chaîne stéréo. Chacun apportait un disque et on discutait toute la nuit sur les solos de Parker ou la main gauche de Monk. J'ai abandonné lorsque j'ai monté mon entreprise à Lyon.

— Vous vous passiez des disques, des revues. Tu m'as traîné quelquefois à ces soirées. C'était trop intello pour moi, un peu chiant à vrai dire et puis le jazz...

— Tu ne vas pas ressortir tes théories ! Tu crois qu'Argos aurait oublié de me rendre des disques, un jour ?

— Non, il n'était pas encore dans la mouvance, à ce moment-là. Il était ailleurs, on en est certain, dans une galère qui n'était pas lyonnaise. En revanche, le Prêcheur te donnait un sérieux coup de main.

— C'est vrai. Un type serviable, très renfermé mais passionné par tout ce qui touchait, de près ou de loin, à la musique négro-américaine. Lorsque j'ai lu son nom dans les journaux, des années après, je n'ai pas fait le rapport entre le terroriste et le type que je connaissais. Il a fallu que l'on m'assure, un jour, tout à fait par hasard, que c'était le même.

— Tu te souviens, parfois, tu recevais gratuitement des enregistrements de maisons de disques ?

— C'était rare. On faisait la promotion de leurs produits et elles étaient pingres comme des rats.

— Quand il t'arrivait d'avoir un disque en double, tu le donnais.

— Quelle mémoire tu as !

— Je ne suis pas flic pour rien, mon vieux. J'ai eu, ainsi, quelques enregistrements de Fats Domino. En raison de ses diverses planques et de ses fréquents déplacements, le Prêcheur devait avoir besoin d'un point de chute pour écouter sa musique favorite. Sa base arrière musicale, c'était Argos qui partageait le même engouement et, sans aucun doute, ils ont échangé de nombreux enregistrements. Argos semble avoir eu un faible pour le free, d'où la présence des disques de l'autre, chez lui.

— Le plus extraordinaire dans ton raisonnement, c'est que toi, le flic, tu aies trouvé tous les arguments pour me sortir du trou.

— C'est mon côté social. Mais, ne pavoise pas trop vite. J'ai eu quelques difficultés à lui faire avaler le pétard.

— Je m'en doute.

— Tu me sembles t'exprimer avec ironie, dit le superflic, d'un ton légèrement chagrin. Tu ne devrais pas. Dans son PV, mon collègue a mis en évidence l'aspect professionnel de l'arme. Rien ne pouvait moins plaire à un juge. Je lui ai expliqué que tu avais été mêlé, quatre ans plus tôt, à une sale affaire, que ta compagne avait été torturée, assassinée. J'avoue avoir emporté le morceau en jouant beaucoup sur la carte romantique, le type qui ne se remet pas de la perte de sa nana.

— Tu sais, elle me manque toujours.

— Excuse-moi, Pierre, mais la détention d'une arme de première catégorie, surtout une arme moderne, pas une relique de la Deuxième Guerre mondiale ou de la résistance locale, éveille des soupçons. La présentation surtout. L'emballage en plastique fin permettant de mettre le chargeur, de tirer, sans toucher l'arme, relève d'un tueur, pas d'un citoyen ordinaire. Je connais tes relations douteuses. Morizio est là derrière, il est ton conseiller et ton fournisseur mais ce n'est pas mon rôle de te faire la morale à propos de tes fréquentations. Bref, mon juge me fait confiance. J'endosse la responsabilité des événements à venir te concernant.

— Merci, tu es bien bon. Que faut-il te dire ? Que je te revaudrai ça ?

— Attends. Tu ne crois pas si bien dire. Tu ne vas pas t'en tirer aussi facilement que tu crois. J'ai emporté le morceau avec un argument décisif : tu vas nous aider.

— Pardon ?

— Oui, tu vas nous aider.

— Tiens !

— Depuis le procès, j'ai beaucoup pensé à cette affaire. J'ai toujours eu la sensation troublante que nous n'avions pas tout compris, que l'essentiel nous échappait.

— Pourtant, les journaux ont démontré que c'était bien fini.

— Trop facile, on détenait les coupables, ils correspondaient exactement à ce que nous les flics, les juges, les politiques, la société, nous voulions qu'ils soient. Cela arrangeait beaucoup de monde, en particulier ceux qui avaient mauvaise conscience.

— Là, j'avoue que je ne te suis plus.

— Il faut aller au fond des choses. Les théoriciens du combat politique musclé, ceux qui prônaient, en 1968, la prise du pouvoir par la violence, ceux-là occupent, de nos jours, des postes importants. À part deux ou trois fous qui poursuivent l'expérience prolétarienne et quelques malchanceux qui ont loupé le dernier train, les autres, fils à papa, gosses de grands bourges ou prolos arrivistes se sont tous casés. Ils avaient beaucoup écrit, beaucoup discouru et auraient oublié, depuis longtemps, les conneries qu'ils avaient énoncées, après les avoir reniées sans vergogne, si leur glorification de l'émeute, de la prise du pouvoir des masses par la force, leurs théories de la déstabilisation n'étaient tombées dans les oreilles de quelques fiévreux. À ceux-là, on avait fait croire en des lendemains couleur d'orange et ils ne trouvèrent que chômage, scandales, langue de bois, copinage, exaltation du fric, valorisation du chef et du petit chef. Ils franchirent le pas, eux, sans honte et sans peur, s'appropriant les idéologies vaseuses. Ils devinrent terroristes. Logique, non ?

— Dis donc, je te croyais au PS : Jean-Edgar Mardin le commissaire socialiste. Tu as rendu ta carte ?

— Pas du tout. Je n'ai pas changé mais j'essaye de te démontrer pourquoi, à gauche, en particulier, on a été très content de mettre un point final à l'Organisation révolutionnaire lyonnaise et à sa sœur parisienne. Tu te vois, haut fonctionnaire, grand politique, homme d'État, obligé de contrer des types qui sont les rejetons de tes idées ? L'affaire finie, on pouvait à nouveau se regarder dans la glace, à l'occasion, pontifier dans les salons, en disant qu'on avait été sur les barricades avec quelques copains de la rue d'Ulm et glisser à demi-mot à des rombières évaporées qu'on avait écrasé la gueule d'un CRS avec un pavé.

— Tu n'y vas pas de main morte.

— Cela ne me gêne pas. Il faut qu'on les désigne du doigt, qu'on leur attribue les égarements qui se sont produits et, surtout, qu'ils ferment leur gueule. Quand un journaliste, pas un des moindres, occupé autrefois dans les manifs à casser du CRS, reproche maintenant à ces mêmes CRS de ne pas être intervenus assez tôt dans les manifs de lycéens, je suffoque et j'ai envie de l'étrangler. Quand un PDG d'une entreprise capitaliste, partisan en d'autres temps soixante-huitards d'autogestion ouvrière, fait l'apologie de l'économie de marché à des Polonais dans la débine, j'explose. Mieux, j'aimerais voir la tête des profs qui vont voir débarquer dans leurs classes surchargées et invivables un certain inspecteur général chargé de leur faire avaler leur maigre paye, les locaux vétustes, les moyens dérisoires, les formations inadaptées. Le même, en mai 68, théoricien de la gauche prolétarienne, luttait contre le mandarinat, les amphis pléthoriques, l'enseignement au rabais.

— Tu t'égares.

— Non, je ne m'égare pas. Il faut comprendre que, pour beaucoup, c'est de la provocation et, le pire, elle vient des gens pour qui je vote.

9

— Si on revenait à Argos, dit Curveillé.

— Je n'en suis pas parti ! s'exclama Mardin. Mes incertitudes sont devenues des évidences. Je ne crois plus au hasard. La solution est à Vienne. Il faut s'y mettre en immersion totale, regarder et entendre, voir venir, respirer la foule et les jazzeux, retrouver les anciens du lycée, fixer le présent en revivant le passé. Un seul peut le faire mieux que moi, parce qu'il a gardé un tas d'attaches, parce qu'il a vécu le Festival depuis sa création, toi.

— Ça va pas !

— J'ai bien peur que tu n'aies pas le choix.

— Pour deux disques perdus et un malheureux pistolet planqué dans un tiroir !

— Un bazooka, tu veux dire ! Les bastos de ce flingue peuvent bousiller le moteur d'un camion, faire un trou gros comme le poing dans le buffet d'un type et t'envoyer sur le cul, knock-out, quatre mètres en arrière, rien qu'en te touchant au petit doigt de la main.

— Tu n'en fais pas un peu trop ? Je ne vais pas traîner cette histoire toute ma vie, comme un boulet !

— D'accord. Même si je n'étais pas intervenu, tu

t'en serais tiré. La détention d'une arme de première catégorie, ça va chercher un à trois ans de taule et une amende de trois cent soixante balles à huit mille balles mais, avec un avocat pas trop con, tu bénéficierais du sursis. Premier délit, pas de casier, on le fait pour tout le monde, mais tu vois les emmerdes. Maintenant, je suis sérieux, c'est un service que je te demande.

— Allons bon, voilà que tu me la fais au sentiment. Je ne suis pas très chaud pour jouer l'indic.

— Tout de suite les grands mots ! J'ai la conviction, à l'heure qu'il est, que si le Prêcheur et le Disciple n'ont rien révélé, lors des interrogatoires ou devant le tribunal, ce n'était pas pour dissimuler les tréfonds de l'Organisation ou pérenniser le mythe auprès des sous-fifres en fuite ou auprès d'éventuels sympathisants. C'est parce qu'ils avaient peur.

— Encore du nouveau !

— Oui. Je pense que d'autres types, aussi dangereux, aussi importants, qui sait, plus dangereux et plus importants, gravitaient dans leur mouvance. On les a bêtement pris pour des seconds rôles parce que leurs initiales ou leurs surnoms apparaissaient peu, dans les confessions du Disciple et jamais à l'occasion de délits. On a cru, à tort, que c'étaient des copains extérieurs à l'Organisation, des rencontres fortuites.

— Je commence à te suivre, dit Curveillé, pris au jeu du raisonnement du superflic.

— On peut ainsi expliquer l'attitude des terroristes lors du procès, continua Jean-Edgar. En réalité, les éclats des deux principaux accusés firent écran. Lorsqu'ils vitupèrent contre la société et l'ordre établi, lorsqu'ils menacent les jurés, insultent les flics et les magistrats, on croit que c'est pour la galerie, on pense assister à la dernière pirouette avant le silence absolu de la prison. On présume qu'ils délivrent un dernier message. Oui, mais pas pour nous, pas pour la foule et les journalistes. Pour ceux qui, dehors, se demandent s'ils vont craquer, s'il ne faut pas les assassiner, en prison, avant qu'ils ne se répandent. En clair, ils proclament leur rage d'être captifs mais ils transmettent aussi, à cor et à cri, qu'ils sont suffisamment solides pour ne pas cafter.

— Et le message est passé ?

— Sans aucun doute puisque, depuis leur incarcération, ils n'ont subi aucun outrage, ni aucune tentative de meurtre.

— En prison, c'est facile ?

— Aucun problème. L'endroit est idéal pour commanditer un crime. Les bonnes volontés ne manquent pas et pour un ou deux millions de centimes, tu retrouveras le type le mieux surveillé, agonisant le crâne fendu sur une marche d'escalier ou étranglé avec les manches de sa propre chemise.

— D'autres meurtres ont-ils pu être commis, ailleurs, pour faire disparaître des gens du style d'Argos ?

— C'est possible mais j'en doute. On sait que l'Organisation révolutionnaire comprenait une branche lyonnaise et une branche parisienne. Au début, bien que très cloisonnées, les deux factions eurent de nombreux contacts et collaborèrent. Dès qu'elles se mirent à réussir des coups et que leurs moyens se développèrent, elles mirent des verrous entre elles et arrivèrent à couper tous les ponts. On a expliqué ce comportement par la mésentente entre les responsables, la querelle des chefs, la soif du pouvoir. Je pense que c'était une manœuvre intelligente et délibérée, une ruse tactique. Au début, il fallait s'entraider, se faire la main, mettre les faibles moyens en commun. Vite, on devait s'écarter, ne pas laisser prise à la moindre erreur qui risquait de faire tomber tout l'édifice.

— Ainsi, les véritables chefs ne seraient pas ceux qui sont sous les verrous mais d'habiles tacticiens qui auraient tiré les ficelles ?

— Et dont la seule erreur a été d'éliminer Argos pour des raisons qui m'échappent, puisqu'il suffisait de laisser le temps passer, tout le monde étant satisfait de l'épilogue de cette affaire.

— Mais Argos a pu être tué pour des raisons étrangères à l'Organisation. Après tout, si ce type n'était pas très clair, il a pu tremper dans une histoire malhonnête et tu vas découvrir qu'il a été assassiné par un dealer ou par un mari jaloux.

— Non, un mari jaloux ne tue pas de cette façon froide et professionnelle. L'absence de fouille, de vol, prouve qu'Argos n'a pas eu affaire à un vagabond ou à un drogué. Les jambes repliées, le corps bien à plat sur la banquette, le tournevis, la précision, la sombre monstruosité du geste meurtrier, la portière refermée, tout indique un tueur, un homme de métier.

— Conclusion ?

— Le Prêcheur et le Disciple n'ont été que des marionnettes se croyant investies d'une mission de salubrité publique, de justice sociale. Ils se prenaient pour des nouveaux Blanqui, Babeuf ou Liebknecht, ils étaient manipulés par des salauds qui leur faisaient faire le sale boulot et porter les chapeaux. Dès que le vent a tourné, ceux-là ont disparu forçant les autres à se taire, certainement plus par la peur, qu'au nom des grands principes de leur idéologie.

— Ce ne sont que des suppositions. Pour employer la terminologie des films policiers, je te dirai que tes arguments sont intéressants mais plutôt minces, dit Curveillé.

— Pas si tu te souviens, reprit le commissaire, que la plus grande partie des millions volés n'a pas été retrouvée. Quand il s'agit de voyous, on sait pourquoi. Ils flambent. Ils inondent leurs copains. Leurs nanas se moulent les fesses et les seins dans du haut de gamme.

— Et les types qui t'intéressent ?

— Eux, pas du tout. Ils ont affirmé avoir tout dilapidé et on les a crus parce que, pour les discréditer, il fallait qu'ils soient des droits-communs et rien d'autre. Mais comment peut-on claquer une fortune en s'habillant au supermarché du coin, en se faisant couper les cheveux par les copines, en buvant du Clinton à 10°, en bouffant les conserves insipides du Leclerc le plus proche ? Ils avaient la goutte au nez la majeure partie de l'année car ils habitaient de vieux apparts humides et insalubres de la Croix-Rousse ou de la Guillotière. L'avocat général, pour mettre en pièces leur démarche politique, a clamé qu'ils voulaient vivre comme des bourgeois avec l'argent des autres ! Il a donné, comme exemples, des vacances en Italie et sur la Costa Brava ; huit jours dans un deux-pièces près de Cadaquès, dans un immeuble qui ne voit ni la mer ni la montagne, ce n'est pas le grand luxe et c'est moins cher qu'à Sète ou Concarneau.

— C'est quand même avec le pognon de quelques braves gens.

— Je ne cherche pas à les excuser mais à te montrer qu'ils vivaient comme des smicards.

— Pas comme des moines.

— Pas loin. Après un hold-up qui rapportait plusieurs dizaines de millions de francs, ils repartaient, chacun, avec cinq cents balles, c'est tout.

— Et ils continuaient à prendre des risques, à vivre ainsi pour des salaires de misère ?

— Parce que ce n'était pas des truands. Qu'on le veuille ou non et n'en déplaise à ceux qui récusent cette filiation douteuse, on a eu affaire à des idéalistes. Ils n'attiraient pas l'attention sur eux par un train de vie singulier parce que le fric n'entrait pas dans leur finalité personnelle. L'argent permettait de s'armer, de se procurer des renseignements de première main et d'acheter l'électronique la plus sophistiquée. Lorsqu'un membre du groupe se croyait repéré, il pouvait disparaître sans problème, sa prise en charge matérielle, ses déplacements, sa vie quotidienne étaient assurés. En s'accumulant au fil des années tout ce pognon aurait permis, qui sait, lors du grand soir, de lever des troupes en masse.

— Tu affabules.

— Pas tant que ça, crois-moi. S'ils n'étaient pas tombés aussi vite, on aurait eu une sacrée agitation. De toute façon, l'assassinat d'Argos est contraire à l'esprit du groupe. Il n'a pas démérité. Il faut donc à nouveau enquêter. Je te le dis encore, la solution est à Vienne. Il faut repartir dans le milieu d'origine, faire parler les anciens copains et comme tout semble tourner autour du jazz, tu es le mieux placé.

— Je ne me vois pas en flic.

— Pas question de te faire jouer les héros. Tu te fais ton Festival, sans rien changer à tes habitudes. Simplement tu regardes, tu écoutes et tu essayes de te souvenir du bon vieux temps. Dès que tu as un doute, une idée qui, pour tout autre, semblerait folle, tu m'appelles et on discute. Je ne suis pas chargé de l'enquête. Pour le moment, je suis en vacances jusqu'au 20 juillet mais je peux les écourter si nécessaire.

— C'est ta femme et tes gosses qui vont être heureux !

— Ils comprendront. Ils ont l'habitude des week-ends tronqués, des coups de téléphone la nuit, des départs précipités au milieu d'une émission de télé. En ce qui te concerne, tu te balades, tu te fais plaisir, tu rencontres des gens et, va savoir, des trucs feront surface.

— Si je tombe sur quelque chose de grave, je risque ma peau.

— Pas si tu m'avertis aussitôt. Attention, tu n'as ni arme ni garantie. Pour la police, tu n'es rien.

— Écoute, non seulement je n'ai pas dit que j'acceptais mais, en plus, je n'ai pas envie de jouer les *free-lance* pour tes petits copains.

— Tu ne vas pas te défiler !

— C'est ça, il ne manquerait plus que tu me fasses le coup de l'honneur, de la responsabilité civique, du devoir.

— Non, mais je me suis décarcassé pour que tu ne prennes pas de vague. Tu peux bien faire un effort et me rendre ce service, d'autant que, si tu n'avais pas été impliqué, je t'aurais quand même demandé de nous aider, tout tournant autour du jazz.

Après le bon repas et le long entretien, Curveillé eut le temps de rentrer chez lui, de prendre une autre douche pour se débarrasser définitivement des relents nauséabonds de la garde à vue.

Il arriva un peu tard pour assister sur la place de l'Hôtel-de-Ville de Vienne à la prestation de Joyce, une beauté longiligne, au visage de madone et aux yeux couleur turquoise.

Dans le grand théâtre, plus tard, il ne put se fondre dans l'ambiance torride de la nuit brésilienne. Il resta impassible, assis au milieu des gens, ruminant des pensées oppressantes. Tout autour, ses copains et la foule debout se déchaînaient, déhanchés sur les rythmes latins, acclamant les orchestres de Gilberto Gil et Jorge Ben.

10

Après une nuit et une matinée de réflexion, Curveillé ne se trouva pas plus disposé à entrer dans le plan du commissaire. Malgré le côté dangereusement attractif — jouer au détective —, malgré le chantage à l'arme prohibée, malgré l'amitié, le Lyonnais ne se sentait pas l'âme d'un flic, encore moins d'une sorte de mouchard.

Les blessures morales liées à ses précédents coups durs suintaient toujours. L'éducation rigide, l'adolescence difficile, la guerre d'Algérie, la vie mouvementée qu'il avait menée n'en avaient pas fait un individu endurci, un sage au cuir tanné. Il était resté vulnérable, plus sensible qu'on ne pouvait le croire aux vilenies de ce monde. Ce qui le décida, contre son gré, à jouer le jeu du commissaire, ce fut Marie.

Elle mourut, assassinée, le soir même où il était confiné dans les locaux de l'hôtel de police.

Jean-Edgar, par téléphone, donna tous les détails à Curveillé qui se douta bien, à la façon dont le flic présenta les faits, qu'il entendait jouer à fond sur la corde sensible. Marie était une femme tranquille, la trentaine, mais paraissant davantage ; une personne anodine, noyée dans la foule d'un quartier populaire de Lyon ; une vie sans attache, sans famille, une solitaire. En apparence. Marie avait été la cuisinière, la lingère, la bonne à tout faire et sûrement le coup facile, quand il n'y avait rien d'autre à baiser, de l'Organisation révolutionnaire lyonnaise. Sitôt ses copains arrêtés, elle n'avait plus mis les pieds dans le local insalubre qui leur servait de base arrière, ni dans le garage adjacent où ils entreposaient les objets hétéroclites qu'ils volaient. Obéissant scrupuleusement aux consignes, elle avait jeté les clefs, seuls liens entre elle et ce repaire parmi beaucoup d'autres dont la police n'entendrait probablement jamais parler. Un jour, le propriétaire, excédé de ne pas être payé depuis plusieurs mois, entrerait dans la tanière et découvrirait la caverne d'Ali Baba. À moins d'être d'une honnêteté et d'un civisme qui ne sont plus d'époque, il ferait main basse sur le matériel et surtout sur le petit magot que les terroristes laissaient dans chacune de leurs planques, répartissant, au mieux, leurs ressources en suivant le bon vieil adage qui dit qu'on ne doit pas mettre tous ses œufs dans le même panier. Les armes, les tracts, les fiches, tous les documents finiraient dans le Rhône. Deux coups de balai, un coup de serpillière et le proprio se payerait la grosse voiture dont il rêvait.

Ce qui causa la perte de Marie, c'est qu'elle connaissait, elle aussi, l'Horloger. Elle travaillait comme agent de service dans un lycée d'enseignement professionnel. C'est là, à la cantine, que le Disciple la remarqua. Téléguidé par le Prêcheur, il faisait un stage de serrurerie dans le cadre d'une formation pour adultes. Il fut très étonné du langage virulent, anarchiste, de cette petite femme. L'enrôler ne fut pas difficile et sans qu'elle s'étendît sur son passé et ses frustrations, on sut qu'elle avait un sérieux contentieux avec les nantis de tous ordres.

Très vite, elle devint indispensable. Sa discrétion, son art de passer inaperçue s'avérèrent un réel atout pour le groupe. Le Disciple oublia, un jour, de la mettre à l'écart alors qu'il avait rendez-vous avec l'Horloger. Celui-ci, lorsqu'il la découvrit dans les toilettes, en train de faire le ménage, piqua une colère hystérique. Elle ne comprit pas, fixa avec hostilité ce type trop bien sapé pour être des leurs.

L'Horloger n'oublia pas son regard et se souvint qu'entre elle et Argos les relations avaient été très intimes. S'imagina-t-il qu'en apprenant le meurtre de son ancien amant, elle transgresserait le mot d'ordre de silence et irait trouver les flics ? Crut-il qu'elle ferait le lien entre le meurtre et l'Horloger et qu'elle n'aurait aucun scrupule pour le dénoncer ? Il ne pouvait se permettre un doute. Sans aucune pitié, il l'élimina.

Il n'eut pas besoin de la guetter plusieurs jours, ni d'échafauder un plan compliqué pour arriver à ses fins. Lui seul, de toute l'Organisation, connaissait le détail de la vie de chaque membre, lui seul savait où ils habitaient, de quoi ils vivaient, leurs passions, leurs manies, leurs vices.

Elle habitait, près de la place du Pont, un immeuble d'une rue très passante où se côtoyaient une foule cosmopolite d'immigrés de tous les bords de la Méditerranée, des étudiants, des petits employés. Les grandes surfaces n'avaient pas réussi à faire disparaître les boutiques de prêt-à-porter, les épiceries fines, les étals de fruits et légumes, et les agences de voyages vantant les vols vers l'Afrique du Nord avaient pris le cachet vieillot des anciens dépôts des lignes d'autobus départementales.

L'Horloger connaissait le quartier. Lorsqu'il se présenta à l'appartement de Marie, elle fut très étonnée et n'eut pas le temps de voir arriver le poing ganté qui lui cassa le nez et l'assomma à moitié. Elle n'eut pas, non plus, la vitalité suffisante pour crier ou réagir lorsqu'il la prit à bras-le-corps et la balança de toutes ses forces dans la cage d'escalier. Sa tête cogna sur le rebord d'une marche, quelque chose se brisa, elle eut très mal, ne voulut pas sombrer. Elle s'agita, fut prise de convulsions comme les moutons que les bouchers casher ou arabes égorgent et qui n'en finissent pas d'agoniser. L'Horloger descendit les marches qui le séparaient du palier intermédiaire. Il saisit Marie par les cheveux, lui releva la tête et, d'un seul coup de manchette, lui brisa la nuque comme on fait aux lapins.

Marie mourut ainsi. Elle n'avait pas mérité une telle fin. Mi-Cosette mi-Félicité. Nul ne s'était beaucoup préoccupé d'elle.

L'Horloger ne se trompait pas en pensant qu'elle était le dernier maillon en liberté permettant de remonter à lui. En revanche, la police put établir le lien entre Marie et Argos. Coup de pot : un inspecteur, qui fouinait dans l'appartement de l'assassinée, remarqua sur le calendrier des PTT, accroché derrière la porte de la cuisine, un numéro de téléphone en face du 18 octobre, fête de saint Luc. Argos, alias Luc Cantet, avait eu le téléphone pendant une période faste. Marie l'avait aimé. Elle avait noté le numéro probablement pour un message de tendresse. Dans l'au-delà où elle était, nul ne lui en voudrait de cette erreur.

11

Jean-Edgar Mardin n'était pas un grand flic pour rien. Lorsqu'il donna les conclusions de l'enquête à Curveillé sur le meurtre de Marie, il n'entrait pas dans son intention de démontrer que la police travaillait bien et qu'un meurtre maquillé en chute d'escalier n'échappait pas à de bons pros.

Il n'obéissait pas, non plus, au désir gratuit de briller auprès d'un ami. Depuis trop longtemps, il savait que le métier de policier est rude et frustrant. Jouer au cow-boy n'a plus de sens quand on découvre que le gendarme ou le voleur, affalé le long d'un trottoir avec une balle dans le buffet, ne se relèvera jamais. Il avait appris que détenir une arme est encombrant et plutôt triste, que capturer un assassin est un coup d'éclat en début de carrière, souvent une amère victoire lorsqu'on a pris un coup de vieux. Il savait, aussi, exploiter les faiblesses et les qualités des gens pour faire aboutir ses projets. On ne mène pas des centaines d'enquêtes et d'interrogatoires sans en retirer une connaissance profonde des individus. On ne passe pas des milliers d'heures à fouiller l'âme humaine sans acquérir un sens aigu des points sensibles de l'homme.

Il n'eut aucun scrupule à amener son ami à s'investir dans cette affaire car sa logique professionnelle avait pris le pas sur l'amitié. Il manipulait Curveillé, sciemment, sachant que l'autre, en comparant la mort de Marie avec celle de Lola, y trouverait des similitudes, un motif de révolte, un prétexte pour adhérer à une cause qui n'était pas la sienne.

C'était assez indigne. JEM le savait. Il n'en était pas fier mais aucun argument ne l'aurait fait dévier depuis qu'il s'était convaincu dans l'idée que Curveillé était l'unique personnage, pouvant, pour des raisons purement circonstancielles, remonter dans le temps et retrouver les divers protagonistes de cette saga sanglante. Il n'afficha aucune satisfaction lorsque le Lyonnais accepta d'entrer dans le jeu. Simplement, il répéta à plusieurs reprises.

— Ne fais pas le con. Tu te balades, tu assistes aux concerts comme je te l'ai dit. Tu traînes davantage, tu rencontres plus de gens, tu n'évites personne. N'en fais pas trop. Dès que tu as un déclic, une pensée saugrenue qui paraîtrait, à d'autres, totalement idiote, tu me téléphones à n'importe quelle heure du jour et de la nuit.

— Je pourrais m'adresser à un de tes collègues, avait répondu son ami, un tantinet railleur, je ne voudrais pas te déranger.

— C'est moi qui ai eu l'idée de notre association ! Je suis certain que cela va marcher. Je n'ai pas envie de me faire piquer le coup.

C'était simple. En raccrochant le téléphone, Mardin n'eut pas de sourire de satisfaction. Il dit à sa femme qu'il allait faire un tour. Elle le regarda, vit qu'il avait sa tête des jours sérieux, ne posa pas de question.

Il sortit de la petite villa qu'ils louaient au bord de l'Hérault et se dirigea, par le chemin de berge, vers l'embouchure du fleuve. Pour une fois, il ne s'attarda pas à contempler les yachts ou les grands voiliers à l'attache, en rêvant de gagner au loto. Il traversa la Tamarissière, sauta quelques rochers, ôta ses chaussures et, dans le sable, à la lisière où venaient mourir les vagues, il marcha en direction de Farinette. La grande plage s'était vidée de ses baigneurs et ne subsistaient, de place en place, que quelques couples cuivrés. Le soleil était bas sur l'horizon. Il marcha longtemps et ne revint qu'à la nuit. Seul, il douta, regretta d'avoir lancé son vieux copain dans un merdier pareil. Il culpabilisa, eut envie de tout arrêter mais n'en fit rien. Il en conclut que, comme toujours, quels que soient ses états d'âme ou ses hésitations, l'important était que personne ne les connaisse.

Au même moment, Curveillé déambulait dans Vienne. Il appartenait à cette catégorie des gens qui sont longs à décider mais qui, une fois la décision prise, ne se laissent pas aller à des regrets ou à des faux-semblants. Il entendait bien ne rien changer à ses habitudes festivalières ; simplement, lorsqu'il arriva place de l'Hôtel-de-Ville, pour le premier concert, son esprit était encombré d'arrière-pensées.

Il retrouva Pierdo, devant une mousse, en grande conversation avec l'adjoint aux affaires culturelles. De vieille souche locale, l'adjoint, lui aussi, était un ancien du lycée.

— Tu connais les musiciens qui se produisent ce soir ? demanda-t-il à Curveillé.

— Pas tous, répondit celui-ci, mais je connais bien Tom Harrell que nous avons découvert en 1988 quand il a constitué un quartette pour rendre hommage à Chet Baker qui venait de mourir à Amsterdam.

— Toujours aussi branché ! s'exclama l'adjoint. Tu devrais venir nous donner un coup de main pendant le Festival, on a besoin de types comme toi.

— Pierdo me l'a déjà proposé, répondit Curveillé. Plus tard, peut-être, mais je suis un consommateur, je me vois mal faire autre chose durant le Festival.

— Bien entendu, tu connais le Big Boss ?

— Non, pas du tout.

— C'est incroyable ! s'écria encore l'adjoint. Il faut qu'on te présente, vous allez avoir des tas d'anecdotes à vous raconter.

Tom Harrell fut remarquable. Ceux qui ne le connaissaient pas découvrirent une sorte de zombie se déplaçant avec les mines et la lenteur d'un caméléon. Si la maladie semblait affecter tout le corps, dès que le musicien prenait sa trompette, les mains et la bouche transfiguraient le handicap et, à travers l'instrument, donnaient une musique fraîche, haute en couleur, pleine de cascades et de résurgences. C'était beau.

Après, Curveillé ne fit pas comme à son habitude ; il ne monta pas, en vitesse, vers le grand théâtre pour avoir la meilleure place possible dans les gradins. Il accompagna les deux hommes qui passèrent les équipes de filtrage grâce à leurs badges. Tout naturellement, ils avaient embarqué Curveillé avec eux et il leur fut très reconnaissant de cette marque de confiance qui lui permettait de voir l'envers du décor.

Celui-ci était constitué de trois parties très distinctes, en longueur, derrière la grande scène. Tout d'abord, une vaste tente avec des chaises et des tables Arts déco et un bar : le coin des journalistes. Ensuite, un no man's land étroit et sombre correspondant au centre de la scène. Puis les coulisses : cinq cabines de chantier, trois servant de loges et de toilettes-douches, une de bureau fourre-tout. Ces cabines encadraient un minuscule rectangle de gravier où des tables et des chaises de jardin, peintes en blanc, étaient occupées par des musiciens en smoking, des accompagnateurs en jeans, des machinos en bermudas et tee-shirts bariolés. Se mêlaient à eux des photographes bardés de boîtes, de sacs et d'appareils sophistiqués, deux ou trois groupies en culottes cyclistes, une dame bon-chic bon-genre aux cheveux gris bien coiffés qui allait de table en table remplir les verres de bière ou de Coca. Le côté fellinien de l'ensemble était accentué par la présence de deux énormes mamas noires, outrageusement fardées, dont les fessiers importants s'accommodaient mal des petits sièges chers à Peynet et que contemplait médusé, assis dans un coin sur deux moellons, la chemise bien repassée mais le pantalon tire-bouchonné, un genre de Bibi Fricotin lunaire qui s'avéra, par la suite, lorsqu'on le présenta à Curveillé, comme un des grands intellectuels de la région.

Ils déambulèrent un moment, Curveillé en retrait, un peu gêné, les deux autres serrant des mains, claquant des épaules. Ils revinrent au point-presse. Au bar, ils prirent un Pernod-Suze et mangèrent quelques amuse-gueules. Autour d'eux gravitait un monde composite : journalistes de grands magazines de jazz, jeunes pigistes inondés d'after-shave bon marché, animateur chenu d'une grande radio, photographe à moustache et pipe en avant, photographe à catogan en arrière, échotiers à la recherche d'une anecdote saignante, escogriffe embrumé se prenant pour un autre et promenant sa haute stature noire d'épouvantail à corbeaux tout en se beurrant consciencieusement de whiskies gratos, godiche décolorée jouant les minettes, minettes jouant les pros, sérieuse animatrice de France Inter préparant son émission une éternelle cigarette à la main, jeunes gens d'une radio locale éberlués d'être assimilés à tout ce monde-là.

— Curieuse ambiance, n'est-ce pas ? dit Pierdo.

— Oui, je n'imaginais pas ça, répondit Curveillé.

— Viens, on va essayer de trouver le Big Boss.

Ils laissèrent le maire adjoint socialiste en grande conversation avec le conseiller général UDF, preuve que le jazz adoucit les mœurs.

Le Big Boss n'avait rien à voir avec le lycée et la ville. Il était originaire du village du facteur Cheval, c'est-à-dire pas très loin, mais il avait fait ses études à Lyon et à Paris. C'était un bénévole comme on n'en voit plus qui, tout en assouvissant sa passion pour le jazz, permettait à des milliers d'amateurs d'en faire autant. Entre l'organisateur du Festival et le petit patron lyonnais le courant passa très vite, grâce à Pierdo.

— Figurez-vous, dit le Big Boss à Curveillé, que je vous connais depuis longtemps.

— Allons bon, qu'est-ce que Pierdo a bien pu vous raconter ?

— Des gentillesses, soyez tranquille. Lorsque j'ai proposé, voilà une dizaine d'années, mon projet de festival à la ville de Vienne, il m'a dit qu'un copain avait déjà eu vaguement cette idée et qu'il avait même organisé des spectacles. C'était bien vous ?

— Oui, en effet, j'ai monté quelques coups. J'avais

l'idée d'un festival mais je n'avais pas l'envergure pour un truc pareil. Je me suis contenté de faire quelques concerts avec la Maison des jeunes, Bill Coleman, Claude Luter, Memphis Slim.

— Il fallait le faire ! À l'époque le jazz était dans le creux de la vague.

— Oh, la ville a dû éponger mes déficits.

— Alors, j'ai voulu vous connaître, discuter avec vous. J'aurais aimé vous associer au projet. Vous aviez disparu.

— J'étais loin, j'avais des préoccupations mais je n'ai pas perdu contact avec le jazz. Jamais, depuis Antibes, Sidney Bechet, puis Coltrane.

— En 1965, le concert historique, le quartette magique. J'étais trop jeune... Maintenant, il faut que je vous laisse. Je vais présenter le premier groupe mais on se revoit pendant le concert.

Le Big Boss s'en alla, tranquille, aussi calme apparemment que s'il allait faire une partie de bridge. Un tonnerre d'applaudissements salua son entrée sur scène. Comme à son habitude, il ne se perdit pas en vaines explications. Son exposé fut rapide, le public lui en sut gré, un autre tonnerre d'applaudissements lui répondit et, aussitôt, la musique de la « nueva generation » cubaine, Irakéré, embraya follement.

Pierdo s'entretenait de musique répétitive avec un grand sifflet qui hochait la tête doctement. Curveillé, un peu désemparé, ne savait quelle contenance avoir et s'apprêtait à regagner les gradins lorsqu'une femme le visage mangé par des lunettes et un sourire éclatant s'avança et lui dit, comprenant son embarras :

— C'est toujours comme cela, ici, on se sent

complètement perdu mais, vous verrez, on s'y fait vite. Vous êtes musicien, journaliste ?

— Pas du tout, je ne suis qu'un fou de jazz. On vient de me présenter au patron du Festival. On se connaissait sans jamais s'être vus, par personne interposée. On a échangé quelques propos rapides. Il m'a dit qu'on se reverrait pendant le concert mais j'ai peur d'abuser, de déranger.

— Les purs, les vrais amateurs, il adore.

— Vous le connaissez bien ?

— Oui, je crois, je le connais très bien, dit-elle, avec une expression amusée. S'il vous a dit de rester, c'est que vous lui avez tapé dans l'œil. Vous ne pouvez plus vous en aller.

S'adressant à deux grands jeunes hommes, style rockers des sixties, bananes, cravates-ficelles, santiags, tout de noir vêtus, tellement semblables que ce ne pouvait être que des jumeaux, elle leur dit :

— Ce monsieur est l'invité du Boss, vous vous en occupez ?

La question était magique. En deux temps, trois mouvements l'invité se trouva entouré comme une star. On lui offrit une cigarette, on alla lui chercher une bière dans une grande glacière où des centaines de boîtes pataugeaient au milieu de barres de glace. Il fut entraîné dans un groupe de gens de tous âges dont le look allait de la dame patronnesse au tondu tatoué. C'était l'équipe qui régissait les loges ; les chauffeurs et les accompagnateurs qui faisaient la rotation entre l'aéroport de Lyon-Satolas, les hôtels et le Festival étaient aux ordres des musiciens à toute heure de la nuit et du jour, tous des bénévoles, entièrement dévoués au Big Boss. Parmi eux, des musiciens amateurs et professionnels régionaux, des chômeurs, des dames bon-chic bon-genre, une directrice de CES, un juriste-conseil, un ingénieur, deux profs, un informaticien, deux architectes, un cardiologue qui ne se départissait de sa bonne humeur que lorsqu'on l'appelait docteur.

Tout cela fut expliqué à Curveillé par une charmante blonde rondelette qui semblait au paradis dans cet univers hyper-macho où les rares femmes étaient aux ordres de tous les gars.

Le Big Boss ne revint qu'après avoir présenté la deuxième partie. Curveillé, enthousiasmé, n'avait pas vu le temps passer. Déjà le saxo de Branford Marsalis brodait de multiples dentelles sonores dans une nuit douce comme on l'imagine aux Grenadines ou aux Marquises. Le Big Boss serra deux ou trois mains mais ne s'attarda pas, il vint directement à Curveillé qu'il convia à le suivre dans les gradins. Les spectateurs, bons enfants, s'écartèrent pour les laisser monter en se demandant qui pouvait être ce type dont le patron du Festival faisait tant de cas.

Les deux hommes restèrent debout, appuyés à une rambarde, perdus dans la foule, échangeant des commentaires lapidaires entre chaque set.

Un peu avant la fin, ils redescendirent.

— J'espère que je ne vous ai pas importuné, dit Curveillé, qui ne savait pas comment traduire sa gratitude pleine de joie et d'émotion.

— J'ai eu beaucoup de plaisir à discuter avec vous, dit le Big Boss, j'espère qu'on se reverra, en particulier cet hiver lors des concerts dans la région.

Curveillé rentra à Lyon. Il sifflotait, plus heureux que d'ordinaire.

12

Lorsque Morizio téléphona, le lendemain matin, Curveillé se rasait. Il était vêtu d'un seul caleçon multicolore qui lui servait de pyjama d'été. Sans se préoccuper de la mousse qui entourait son visage, il saisit le combiné craignant que JEM lui annonce un nouveau crime.

— J'espère que je ne vous réveille pas, dit Morizio de la voix grave qu'il employait presque sans nuance pour parler de beau temps, d'une toile d'un peintre flamand ou d'une action délicate.

— Non, Mario, je suis sorti depuis peu des draps mais je suis comme le temps, au beau fixe.

— Tant mieux. Je pense que vos ennuis sont terminés ?

— C'est réglé. Je vous expliquerai.

— Comme vous ne m'avez rien dit, je suppose que notre rendez-vous du mercredi est annulé pour cause de jazz ?

— Pas du tout, cher ami, j'ai même réservé une table au Gourmandin. C'est dans l'ancienne gare des Brotteaux. Il paraît qu'on y mange très bien, dans une ambiance rétro. Cela vous convient-il ?

— Parfait, j'y serai. Comme d'habitude ?

— Oui, treize heures.
— Au revoir, Pierre.
— Au revoir Mario.
— Attendez, Pierre. Pourquoi ne viendriez-vous pas faire quelques longueurs de piscine ici ? Avec la chaleur qu'il fait, ce n'est pas superflu ; et puis nous pourrions causer.
— Et puis, je pourrais voir Maryam.
— Oui, je crois que mademoiselle est là, aujourd'hui.
— Allons, vieux forban, je connais vos intentions cachées. Chacune de vos pensées est un piège.
— Vous exagérez, Pierre, je ne suis qu'un très vieux et très fidèle serviteur.
— Je vais vous surprendre, Mario, je viens. Le temps de trouver un maillot de bain.
— Magnifico ! Je dois sortir, un moment, avec monsieur, mais nous rentrons pour déjeuner. Je vais lui annoncer votre visite. Vous resterez déjeuner ?
— Évidemment puisque vous m'invitez.
— Ne dites pas cela, vous me gêneriez beaucoup.
— Alors là, je ne vais pas me gêner, moi. Je vais clamer très fort que c'est vous qui m'avez convié.
— Vous êtes sarcastique, Pierre.
— Soyez tranquille, je ne le dirai qu'à l'oreille de Maryam.
— Oh, je vous crois incapable de raconter une telle sottise mais si vous ne le dites qu'à mademoiselle, je crois qu'elle sera contente.
— Non seulement vous êtes un fidèle serviteur, mais aussi un abominable entremetteur.
— Pierre, il faut que je vous quitte.
— C'est ça, vous ne voulez plus discuter.

— Non. Je dois sortir la voiture du garage. Monsieur n'aime pas être en retard.

— À bientôt donc.

Curveillé raccrocha en souriant au milieu de la mousse qui avait séché sur son visage. Ils n'arrivaient pas à se tutoyer, Mario et lui, malgré les aventures vécues ensemble. Le Lyonnais ne pouvait s'empêcher d'avoir une grande déférence envers le vieux bandit sicilien dont la classe et l'immuable impassibilité forçaient son respect. Morizio, de son côté, le considérait avant tout comme l'ami du patron pour lequel il avait un attachement viscéral.

Un jour, Curveillé, qui avait disséqué Corneille du temps de sa jeunesse studieuse, lui avait demandé, pour le mettre dans l'embarras :

— Si Saryan vous donnait l'ordre de me tuer, que feriez-vous ?

— Je ne vois pas pourquoi un tel ordre viendrait, avait répondu l'Italien, ses yeux noir charbonneux fixant le visage de son ami.

— Je connais beaucoup de détails sur ses affaires, des secrets, j'ai surpris, malgré moi, des conversations où je n'aurais pas dû mettre mon nez.

— Un tel ordre est impossible, asséna Morizio d'un ton irrité, se départissant de son calme habituel, vous faites partie de la famille, vous avez sauvé la petite.

— Mais encore ?

— Vous voulez me pousser dans mes derniers retranchements ; je n'aime pas jouer à votre jeu mais je pense qu'une fois dans sa vie, même si on s'est juré fidélité la plus absolue envers quelqu'un à qui on doit tout, une fois, on a le droit de dire non. Satisfait ? Si on parlait d'autre chose.

Curveillé avait eu un drôle de frisson dans le dos et il se reprochait souvent l'enfantillage de sa question. Il en était honteux, rétrospectivement, en montant vers la propriété de Saryan.

Les gardes, à l'entrée, ne lui firent aucune difficulté. Ils avaient la consigne de laisser passer à toute heure l'occupant de la 505 cabossée. Comme d'habitude, ils répondirent à peine au bonjour du visiteur visiblement plus impressionné par les deux bergers allemands et les deux dobermans à l'attache de chaque côté de l'allée que par les pistolets mitrailleurs dernier cri qu'ils arboraient.

Il roula au pas dans le chemin bordé de hautes futaies jusqu'à la résidence du richissime marchand d'armes, étreint, comme toujours, par une impression de malaise devant la magnifique villa florentine qui n'était pour lui qu'une prison dorée. Il évita le parking-visiteurs où deux voitures stationnaient sous une pergola, une Le Baron blanche décapotée et un coupé Mercedes, et se dirigea vers le garage de la maison qui aurait convenu au concessionnaire Renault d'une ville d'importance moyenne. Il ne vit pas la Rolls et en conclut que Mario et son patron n'étaient pas rentrés. Il gara sa Peugeot entre une Maserati rouge et une Jaguar prune. Il était vêtu d'un jean blanc, d'une chemisette à manches courtes et chaussé d'espadrilles rouges. Le genre touriste.

Avant d'arriver au bord de la piscine, il fut intercepté deux fois. Une première, par un impressionnant monticule de chair qui avait de la peine à cacher la grosse artillerie qu'il portait sous sa veste. Il répondait au joli nom d'Alekseï, les sports de combat n'avaient aucun secret pour lui et, contrairement à ce que son faciès bosselé laissait supposer, il n'était pas bête. Il salua l'arrivant et fit un bout de chemin avec lui. Ils parlèrent de tout et de rien. Ils se serrèrent la main. On ne fouillait pas M. Curveillé. La deuxième rencontre fut le maître d'hôtel qui lui demanda s'il voulait boire quelque chose. Comme tous les gens qui n'ont pas l'habitude d'être servis, il se crut obligé de commander un jus d'orange pour que l'employé n'ait pas l'impression d'avoir fait tout ce parcours, au soleil, pour rien, sans penser que, justement, sa prise en considération du prolétaire allait forcer ce dernier à un autre aller-retour.

La piscine était immense, protégée au nord par un ensemble en ruines factices voulant évoquer d'anciens thermes romains. Des plantes grimpantes poussaient dans les interstices d'un grand mur en pierres brutes au centre duquel une énorme jarre soutenue par une caryatide voilée de volubilis déversait son trop-plein d'eau dans la piscine, en une cascade irisée. La chute d'eau créait des vaguelettes régulières qui venaient mourir sur un méplat blanc où deux ou trois couples entouraient la fille de la maison, tous allongés sur des bains de soleil.

Maryam avait été prévenue par Morizio, elle était sur le qui-vive. Dès qu'elle repéra la présence de Curveillé, elle ne cacha pas sa précipitation, elle bondit et fit le tour de la piscine avant qu'il ait fait la moitié du périmètre. Elle était splendide, belle et pulpeuse comme une playmate, déjà provocante.

— Ainsi vous voilà. Quelle chance ! C'est un jour à marquer d'une petite ou d'une très grosse pierre blanche ?

— Seriez-vous agressive par si un beau matin ?

— Pas du tout. Lorsque Mario m'a dit que vous

veniez prendre un bain, je me suis dit qu'il allait grêler ou neiger.

— C'est simplement la canicule.

— Merci, je l'ai mérité. On arrête ?

— D'accord. Je suis venu aussi pour vous.

— Ça, c'est gentil. Il va falloir que je le note. Zut, voilà que je recommence. Pardon, vous vous faites si rare.

— J'ai beaucoup d'occupations.

— Bien sûr, toute l'année, un travail qui vous prend vingt-quatre heures sur vingt-quatre et, pendant les vacances, le jazz. Entre papa et vous, je ne sais comment j'ai pu ne pas prendre cette musique en horreur.

— Parce que c'est la meilleure.

— Un jour, il vous faudra faire l'effort d'écouter Pavarotti, vous verrez, vos chanteurs de blues, à côté, ont l'air de manquer d'air.

— On ne polémique pas, d'autant que je suis venu vous inviter au concert de Stan Getz, ce soir, si cela vous dit.

— Ouah ! c'est Noël en juillet !

Elle le prit par la main pour le présenter. Il fit un effort et fut agréable, disert, mondain. Il lui revint des réminiscences de *High Society*, cette comédie musicale où Bing Crosby, la cinquantaine bien tassée, essaye de reconquérir son ex-femme Grace Kelly, avec la complicité de Sinatra. Tout se passe autour de la piscine, avec des gens de la haute qui n'ont de problèmes que leurs petits déboires sentimentaux. Tout naturellement, en enfilant son maillot de bain, dans une cabine, il sifflota le grand air que chante Bing Crosby en pantalon blanc, blazer bleu marine et chemise de soie.

I love you Samantha
And my love will never die.
Remember Samantha.

Un voile passa. Lola. Toujours Lola. Ils avaient acheté la cassette vidéo tant elle aimait le film. On ne le trouvait pas en France, seulement dans un magasin spécialisé de la Huitième avenue, à New York.

Il chassa ses idées noires en revenant au bord de la piscine et subit le regard scrutateur de Maryam. Involontairement, il se contracta, rentra le ventre mais aussitôt, mentalement, se refusa à vouloir paraître autre chose que son âge.

— Vous êtes déjà très bronzé, dit la jeune femme.

— C'est l'air de la campagne. Je suis allé tondre plusieurs fois le gazon à Dolon et j'ai fait quelques travaux à l'extérieur.

— Vous continuez à vivre comme un ours au milieu des bois. Vous ne m'avez jamais invitée dans votre tanière.

Elle regretta sa remarque mais elle était ainsi, un peu trop vive, légèrement fantasque, avec des traces de petite fille gâtée. Ses paroles allaient parfois plus vite que ses pensées. Mais elle savait aussi, qu'avec Pierre, il ne fallait pas aborder certains points, ni faire des allusions car il se refermait comme une huître. Il comprit sa gêne et s'en voulut que les gens de son entourage, et particulièrement ceux qui l'aimaient, soient obligés de se censurer pour le ménager.

— Je vous inviterai, c'est promis, dit-il, vous serez l'unique femme à être conviée là-haut.

Sous-entendu, après Lola, pensa-t-elle. Souvent, elle rageait de cette concurrence impossible, avec une morte, pour la possession de l'homme qu'elle aimait.

Elle se révoltait contre cette injustice mais, jamais, elle ne le laissait transparaître. Par fierté, et pour ne pas risquer de casser le fil ténu qui la reliait à cet homme qui finirait tôt ou tard dans ses filets.

Maryam n'était pas une ingénue. Non seulement son premier mariage avait été un échec mais elle avait beaucoup souffert d'être bafouée. Elle savait que le principal écueil avec Curveillé, c'était Lola, un souvenir idéalisé mélangé à une volonté inconsciente de se culpabiliser. Elle se doutait, aussi, qu'il était effrayé par la différence d'âge, qu'il la trouvait trop belle et, surtout, trop riche pour lui et qu'il ne voulait pas passer pour un coureur de dot, ni pour un profiteur de l'amitié aveugle que lui portait son père. Cela renforçait sa passion. Elle trouvait formidable que cet homme soit capable de tels sentiments et ne doutait pas que, si, un jour, il partageait son affection, elle serait la plus heureuse des femmes.

L'objet de sa convoitise fit plusieurs bassins en un crawl impeccable et décontracté. Lorsqu'il sortit, elle le relança d'un ton badin, il se prit au jeu, ils échangèrent des questions et des réponses sur le ton le plus modéré du marivaudage.

Saryan, qui arrivait par une allée ombrée, les découvrit ainsi. Le vieil homme en eut chaud au cœur. Été comme hiver, il était en costume sombre et chapeau de la même couleur. Il avança jusqu'au bord de la piscine, personnage surprenant dans un décor *Maisons et jardins*. Seuls, vivaient des yeux de jais dans un visage reptilien qui ne trahissait jamais aucune émotion, comme si, depuis les visions du génocide arménien, rien ne pouvait plus l'atteindre.

Suivi de Morizio, il fit le tour de la piscine, serra cérémonieusement la main de Curveillé qui s'était levé de son fauteuil, presque au garde-à-vous devant ce petit homme qui en imposait tant.

Un silence embarrassé planait sur la piscine, Saryan fit un petit signe de la main à tout le monde, indiqua son siège à Curveillé et s'assit à côté de lui.

— Quelle chance nous avons ! dit-il avec un rien d'ironie.

— C'est la deuxième fois, en peu de temps, que j'essuie cette remarque. Vous manquerais-je tant ?

— Vous savez bien que le seul reproche, ici, que l'on peut vous faire est que vous vous fassiez si rare. Mais c'est un vieux sujet de débat, je ne vais pas vous importuner davantage, parlez-moi du Festival et de vos ennuis.

— Dizzy a été impérial.

— Et Cab Calloway ?

— Je n'ai pas pu assister au concert, c'est à ce moment-là que j'ai eu des problèmes.

— Graves ?

— Assez, comme vous le savez, pour qu'on m'embarque en garde à vue. Heureusement, j'ai un ami commissaire de police, il a pu répondre de moi.

— On était aussi en action, ici. On n'en a pas parlé à Maryam, ni à la famille, c'est mieux, mais s'il l'avait fallu, nous serions allés jusqu'au garde des Sceaux.

— Je n'en doute pas. Merci.

— Vous n'avez pas de chance. Depuis que je suis entré dans votre vie, vous vivez des moments dramatiques.

— Oh, mes embêtements ont commencé bien avant vous.

— Vous ne seriez pas, de près ou de loin, un descendant de la famille des Atrides, ces Grecs qui ont eu des tas d'histoires dans l'Antiquité ? dit le vieil homme en essayant de sourire.

— Je n'avais jamais pensé à une telle filiation, s'exclama Curveillé en riant, j'espère que mon destin et ma fin ne seront pas aussi tragiques.

— En définitive, où en êtes-vous ?

— Tout est réglé.

— C'est sûr ? Vous ne me cachez rien ?

— En ce qui me concerne, l'affaire est classée.

— Bien.

— Simplement, j'ai accepté de collaborer un peu avec la police parce que je connais Vienne, les gens, le jazz.

— Méfiez-vous, quand la police se sert de vous ce n'est jamais bien clair. C'est comme avec les hommes politiques, une fois qu'on vous a utilisé, on vous rejette comme une paire de chaussettes qui sent mauvais.

— Mon copain, le flic, je ne crois pas qu'il me laisserait tomber.

— Vous auriez dû m'en parler, je vous l'aurais fortement déconseillé.

— C'est sans doute pour cela que je ne l'ai pas fait, dit encore en riant Curveillé.

Pendant cet échange de paroles, Maryam s'était éloignée sachant combien son père appréciait ces tête-à-tête avec un des rares amis qui lui restaient mais Morizio, un mètre en arrière, n'avait pas perdu un mot de la conversation. Il entendait bien, lui, avoir plus de détails car travailler en collaboration avec la police n'entrait pas dans son mental. Il y voyait plutôt un motif de méfiance.

Le maître d'hôtel apporta deux bouteilles de champagne dans des seaux à glace. Une soubrette en tablier blanc à rayures roses déposa sur une table un grand plateau d'amuse-gueules froids. Saryan ne toucha à rien. Son invité se permit deux flûtes de Krug, le nec plus ultra du vignoble champenois. Ils parlèrent encore. Curveillé raconta, par le menu, son aventure au vieil Arménien et à son homme de confiance qui n'en perdit pas une bribe. Puis, tout en conversant, ils se rendirent à pas lents dans la grande salle à manger fraîche où une imposante table était dressée. Des bouteilles de vins fins attendaient débouchées sur une desserte, d'autres vins décantaient dans des carafes en Baccarat. La nappe et les serviettes brodées à la main de motifs champêtres, les couverts en argent massif, les multiples verres en cristal fin, les bouquets de fleurs harmonieusement répartis dans la pièce marquaient un luxe raffiné, presque naturel.

Ce n'était pas un jour de fête ; c'était un jour ordinaire, en été, chez des gens très riches.

13

Curveillé ne s'était pas trompé en invitant Maryam au concert de Stan Getz. Le grand saxophoniste se défonça et le public, debout quand il quitta la scène, réapprit qu'en jazz, si on joue parmi les grands, il faut toujours le démontrer.

Le petit ensemble Balmain enveloppant le corps de gazelle de la jeune femme n'était pas tout à fait adapté aux gradins et détonnait un peu parmi les mauves, les verts, les bleus des jeans, bermudas, débardeurs et autres salopettes mais il lui allait à ravir et dévoilait largement des jambes cuivrées qui attiraient bien des regards faussement innocents. Se rincer l'œil fait partie des plaisirs indifférents et fugaces qu'offre, à quelques mateurs décontractés, la forte dénivellation de l'amphithéâtre.

Curveillé, à la traîne de sa pétulante et magnifique amie, se sentait gauche, gêné par les milliers de regards qu'il croyait braqués sur ce type plus très jeune suivant comme un caniche une femme éblouissante de beauté et de sensualité. Inévitablement lui revenait le leitmotiv mental qui, depuis plusieurs mois, le harcelait : trop belle, trop riche, trop jeune.

Dans dix ans, comment serait-il ? Et elle ? Plus

mûre, plus éclatante encore. Il ne serait qu'un vieux barbon. Décidément, cette femme n'était pas pour lui. Souvent, il rêvait : refaire sa vie avec elle, avoir un enfant, sortir de cette existence solitaire qui lui pesait chaque jour davantage. Maryam n'attendait qu'un signe. Elle tomberait dans ses bras. Toute la famille, le vieil Arménien en tête, applaudirait. Morizio aurait un curieux rictus, son sourire, celui du type qui a réussi un gros coup ; il mettrait une chemise et une cravate neuves pour le mariage et, qui sait, le vieux bouffeur de curé, l'ancien héros des brigades internationales, ferait un gros effort pour entrer dans l'église.

Mais il y avait aussi l'image de Lola, comme un fer rouge, comme un sanglot énorme qui ne pouvait sortir. Lola le grand amour, Lola la tendresse, Lola l'archétype de la compagne, Lola disparue en pleine passion, morte d'une façon horrible et par la faute de Curveillé qui, inconsciemment, ne voulait plus être heureux et se châtiait d'une tragédie qui n'était qu'un coup du destin.

Il avait ramené Maryam chez elle. Bonne nuit : deux baisers pudiques sur les pommettes, bien haut, loin des lèvres, il ne faut pas tenter le diable. Au revoir, merci, à bientôt, la soirée était exquise, ne pas voir l'appel du regard ni le corps offert en une muette invitation qui se rétracte, fuir en se mordant l'âme et les couilles.

Le lendemain, samedi, Curveillé reçut un volumineux paquet. Jean-Edgar n'avait pas lésiné et lui envoyait une masse de documents. Un petit mot était joint où le commissaire spécifiait qu'aucun de ces écrits n'avait un caractère confidentiel mais que, si

Curveillé lisait le tout avec attention, il en saurait presque autant que la police. Les journalistes avaient bien couvert les événements et quelques articles de journaux faisaient apparaître ou laissaient sous-entendre des faits qui appartenaient au secret de l'instruction. À Curveillé de les trouver : le commissaire ne pouvait en parler, ni même les suggérer.

Le Lyonnais s'y mit d'arrache-pied. Il prit des notes, fit des dessins, des schémas, se piqua au jeu. Lorsqu'il s'arrêta en fin d'après-midi, il n'avait rien découvert de tangible mais, là où des spécialistes s'étaient cassé les dents, il ne fallait pas s'attendre à une subite illumination d'un amateur qui découvrirait le fil tortueux de l'énigme, à la façon de Sherlock Holmes. En revanche, il apprit beaucoup et, surtout, il rejoignit le policier dans ses déductions : l'Organisation n'était pas démantelée comme on avait voulu le faire croire pour tranquilliser les masses.

Bien évidemment, la première des preuves résidait dans ces deux derniers meurtres qui apparaissaient comme le grand coup de gomme voulant empêcher de progresser ailleurs. Plus troublant encore, c'était le silence des condamnés. À la fin du procès, tout étant consommé, ils auraient dû jouer les vedettes, faire des déclarations fracassantes, clamer leur idéologie et essayer de passer à la postérité comme les martyrs de la cause du peuple. Au contraire, plus rien, le silence. Du jour au lendemain, ils acceptaient de disparaître, d'être reclus dans la pénitence construite par la société qu'ils abhorraient. Toute cette entreprise minutieuse, cette haute technicité dans l'illégalité s'évanouissait. Ces terroristes gauchos qui ne travaillaient pas à l'instinct, ni au feeling, qui se targuaient d'une motivation politique, baissaient les bras, subitement, parce qu'ils étaient en taule. Pis : ils se sabordaient. C'était aberrant.

Autre exemple : le Disciple qui était responsable des opérations armées n'était pas n'importe qui. Recruté par le Prêcheur, au lieu de finir sa licence d'histoire à Lyon III, il disparaissait deux ans. On pouvait penser qu'il allait servir de contact avec d'autres groupes de la mouvance terroriste, la branche parisienne, les rouges allemands, les Palestiniens ou qu'il se formait chez Kadhafi. Pas du tout. Il était à l'armée, en France. Engagé pour deux ans, il devenait un soldat d'élite et dans un régiment de parachutistes d'une ville du Sud-Ouest. Là, il jouait le jeu au-delà de l'imaginable, encaissait les brimades, se faisait des muscles d'acier et une âme de commando. Il passait rapidement de la troupe au corps des sous-officiers, en sortait sergent, sergent instructeur qui plus est. Bien noté par ses chefs qui regrettèrent qu'il ne rempilât pas, le Disciple était jugé par ses camarades comme un para trop taciturne et pas assez porté sur les putes et la boisson. Mieux, il semble que, lors d'une expédition raciste d'après-boire menée par ses collègues dans un quartier d'immigrés de la garnison, il se soit interposé violemment, fait sympathique de la part d'un individu qui, plus tard, n'aurait aucun scrupule à diriger des hold-up sanglants. Comment un type pareil, une machine aussi bien programmée s'arrête-t-elle de fonctionner ? se demanda Curveillé. On ne muselle pas un tel bonhomme, surtout dans les prisons françaises. Superman de la délinquance, soit, mais superman quand même.

La fin était trop facile dans cette affaire : des tueurs, des illuminés, des caractériels qui s'attaquent aux banques, tuent des braves gens, des petites gens pour lesquels, soi-disant, ils agissent. On insiste lourdement sur l'aspect asocial : des fumiers, des salauds. Tout l'aspect politique était estompé. Maintenant, ils sont en prison, ils ne sont pas près d'en sortir, l'ordre règne, tout va bien.

Pourtant, la logique cafouillait et à la suite des deux crimes tout était à repenser. Il manquait le chaînon, l'explication qui ne soit pas un lieu commun fomenté par le calcul politique.

Curveillé n'arrêta pas d'y penser et la septième nuit du Festival consacrée à la musique de La Nouvelle-Orléans ne lui apporta rien. Il découvrit le jazz cajun, conversa avec le Big Boss, traîna ses guêtres dans le back-stage et, de là, contempla l'immense hémicycle, à nouveau, plein à craquer. Dans la foule, quelqu'un détenait, peut-être, une part de la vérité ou la solution aux questions qu'ils étaient au moins deux à se poser.

Le dimanche, le Festival faisait relâche pour laisser les abonnés aller à la campagne ou rendre à la famille les heures volées par le jazz.

Curveillé sortit de Lyon vers neuf heures du matin, par la nationale 7, délaissant l'autoroute et les gens pressés. Il prit ensuite une série de petites routes secondaires et gagna les collines arborées du bas Dauphiné. Il arriva, bien avant midi, dans sa maison de Dolon, une bâtisse au milieu des bois qu'il avait retapée avec deux vieux copains. Elle avait été le théâtre d'un sombre règlement de compte. Les pluies diluviennes apportées par les vents d'ouest et les épaisses neiges hivernales avaient lessivé les graviers de l'allée conduisant à la porte mais il en fallait plus pour décrasser la mémoire.

Il y passa la journée et la nuit. Il eut un après-midi athlétique, poussant sa débroussailleuse dans les ronces et les orties avec lesquelles il était en lutte permanente. En montant, il s'était arrêté au bar-tabac du village qui faisait aussi épicerie et dépôt de pain. Le patron, un grand gaillard barbu et sympathique, lui avait concocté un cageot de légumes frais. À midi et le soir, il se fit des repas rustiques à base de jambon d'Ardèche, de petites côtelettes de mouton, de salades de concombres, de haricots verts au beurre et de radis noirs. Bien qu'il eût dans sa cave quelques splendeurs vinicoles rhodaniennes, il ne but que de l'eau. La source n'était pas loin, sur le coteau, au milieu des sauges et des fougères ; en dehors de Curveillé ne venaient s'y abreuver que les palombes et, sans crainte excessive mais inopinément, une harde de chevreuils.

Il réfléchit beaucoup, essaya de rameuter ses souvenirs de lycéen et d'étudiant, prit quelques notes inutiles, n'aboutit à rien. Quand il pensait au Prêcheur, tout était flou, inconsistant. Le personnage ne l'avait pas marqué et comme un quelconque de ses condisciples, il n'en conservait qu'une image indéterminée.

Il remua des images peu glorieuses, des périodes de doute, des passions assez minables. Comme tout le monde, il n'avait gardé de sa jeunesse que ce qui lui convenait. Il se fit un bon café et le prit en déambulant sous ses grands arbres. Chênes, bouleaux, acacias, châtaigniers, frênes, fayards poussaient anarchiquement autour de sa maison, la dernière habitation avant le grand mystère de la forêt qui, telle une gigantesque vague verte, se perdait à l'infini. Un des gros châtaigniers bicentenaires perdait ses feuilles, déjà. La maladie, l'encre, un cancer noir qui empêche la sève de circuler. Tous les châtaigniers étaient condamnés. Les ormes avaient disparu, les bouleaux étaient rongés par les vers, les peupliers donnaient des signes de faiblesse ; en ville, il fallait traiter les platanes. Il ne resterait bientôt que les ronces et les orties mais pour combien de temps ?

Il pensa à sa mère. Elle s'en était allée, sur la pointe des pieds, pour ne pas gêner, rejoindre son mari, là-haut, dans les grandes prairies des chasses éternelles. Petite, douce, aimante, tranquille, elle parlait comme une squaw, elle qui n'avait pas dépassé Besançon à l'est et la pointe du Raz à l'ouest. Mais, elle était pétrie de James Fenimore Cooper et s'était mariée avec un gars, le père de Curveillé, qui récitait des pages entières de Jack London et de Gustave Aymar. Ils s'étaient bien trouvés pour s'inventer des histoires et faire de leur famille une tribu où le wigwam familial restait pour tous le camp de base, quels que soient les aléas de la vie.

Il frissonna malgré la saison. Là-bas, le Vercors et la Grande-Chartreuse s'alourdissaient avant la nuit comme deux grands reposoirs au milieu desquels les sommets neigeux de Belledonne éclataient de rose sous les derniers rayons du soleil.

Il rentra, éclaira les lampadaires, fit de la lumière dans toutes les pièces, comme s'il recevait du monde. Pour créer une présence, il eut envie d'allumer la cheminée en pensant qu'il serait marrant de se servir d'un bouquin de Montalban pour faire démarrer son petit bois mais il respectait trop les livres pour faire comme Pépé Carvalho, le héros du même Montalban. Il se contenta d'enfiler un sweat-shirt épais et chercha longuement l'auteur, le livre qu'il aimerait relire :

Pouy, Bialot, Mc Bain, Manchette, Pronzini, *La Pêche aux anges, Le Salon du prêt-à-saigner, Le Sonneur, Nada, Mon pote le Vendu*. Il hésita comme on hésite, dans sa cave, devant plusieurs grands crus en sachant que, quel que soit le vin, ce sera la fête.

Il fit le bon choix puisqu'il ne se coucha qu'après avoir lu tout le bouquin.

14

Le lundi, en frappant à la porte de son ancien proviseur et professeur de lettres, le Lyonnais ne savait pas encore ce qu'il allait inventer pour faire parler le vieil enseignant. Spécialiste de science-fiction, lisant le grec et le latin dans le texte, amoureux de la peinture du Quattrocento, inconditionnel de la musique baroque, M. Lagir avait d'autres cordes à son arc. Il parlait l'allemand et l'italien, récitait Ronsard, Racine ou Baudelaire et il aurait fait un parfait ingénieur grâce à ses prédispositions pour les mathématiques et les sciences physiques si sa passion démesurée pour Vauvenargues ne l'avait entraîné vers des études supérieures de lettres. Sa seule coquetterie était de rappeler qu'il avait fait sa thèse sur l'éminent moraliste français qui, à tout jamais, l'avait influencé en lui communiquant sa confiance totale en l'espèce humaine.

Il ne s'étonna pas de la présence de Curveillé. Comme tous les vieux maîtres, il était habitué à trouver sur son paillasson quelque ancien élève qui, pour des raisons obscures, avait ressenti le besoin de retrouver ses racines culturelles. Ce pouvait être un quidam cultivé, passant après bien des années dans la ville, un vacancier en avance sur son horaire, mais, souvent, c'était un littéraire, agrégé de lettres, d'histoire ou de grammaire, enseignant dans un lycée ou une faculté éloignée, qui venait dire bonjour et témoigner sa filiation intellectuelle.

Le vieux prof bougonnait, disait à ses intimes qu'on prenait son immeuble pour un hall de gare mais nul ne s'y trompait, il éprouvait un plaisir rare dans ces retrouvailles qui lui distillaient son élixir de longue vie.

Lorsqu'il ouvrit la porte, il était habillé pour sortir : costume clair en alpaga léger, rosette de la Légion d'honneur à la boutonnière, chemise immaculée, cravate bordeaux, panama blond sur la tête.

— Attends, s'écria-t-il, ne me dis pas ton nom ! Attends ! Oui, Curveillé. C'est ça, Curveillé, dans les années soixante, en seconde et en rhétorique, tu as redoublé il me semble, puis tu as fait philo.

— Quelle mémoire, monsieur ! après tant d'années, je n'aurais pas cru que vous me reconnaîtriez.

— La mémoire ! je vous l'ai toujours dit, la mémoire ce n'est pas un don, c'est élastique, il faut la travailler, l'entretenir, à tout âge.

— Je...

— Ton prénom ? De mon temps, on appelait les gens par leur nom, pas par leur prénom. Je ne me souviens pas de ton prénom.

— Pierre, je...

— Écoute, je sortais faire des courses. Tu vas m'accompagner, on pourra discuter, tu as une voiture ?

— Oui, je peux vous emmener.

— Ce n'est pas loin ; à côté, mais autant en profiter. Le Forum, quel beau nom pour un magasin, il a disparu, remplacé par Super-U, tu parles !

Ils prirent l'ascenseur. Curveillé, qui avait ruminé des dizaines d'entrées en matière sans en trouver une de plausible, se laissa embarquer. M. Lagir parlait, parlait, retrouvant par le menu le passé scolaire du Lyonnais.

— Tu étais interne, on n'oublie pas les internes. Vous n'étiez qu'une soixantaine, des gosses de la campagne ou des enfants de divorcés. Tes parents, des braves gens, d'un village près de la Côte-Saint-André, n'est-ce pas ? Ta mère ! elle est vivante ? Non. Je crois que si elle n'avait pas parlé aussi bien de toi, on t'aurait renvoyé. Tu n'étais pas facile, pas méchant non plus. Des notes faibles en maths et en physique. Heureusement, tu avais des résultats à peu près corrects en grec et en latin. Un gosse qui a l'habitude de courir les champs et les bois, c'est difficile de le garder entre quatre murs. On t'a bien repris en main. À cette époque on pouvait s'occuper des élèves. Maintenant, dans le nouveau lycée, ils sont deux mille. Une usine !

Jusqu'au supermarché Curveillé n'eut rien à dire. Il dut faire preuve d'une certaine habileté dans l'art de piloter un caddie pour suivre le vieil homme dans les méandres populeux du grand magasin.

— Au fait, pourquoi es-tu venu me voir ?

La question avait été posée entre deux courgettes lancées à Curveillé à la manière d'un demi de mêlée qui fait sa passe directement sur le deuxième trois-quarts centre en excluant le demi d'ouverture et le premier centre, ici représentés par d'innocents clients un peu effarés.

Le Lyonnais n'hésita pas. À quoi bon cacher le but

de sa démarche à cet homme profondément bon qui n'avait aucune malice.

— Voilà. J'ai pensé que vous pourriez me donner des informations sur ceux qui, parmi nous, ont touché de près ou de loin à l'Organisation révolutionnaire lyonnaise.

— Tu es policier ou journaliste ?

— Ni l'un ni l'autre. J'ai eu quelques problèmes sans importance et j'essaye de comprendre.

— Et tu crois que j'ai quelque chose à dire là-dessus ?

— Je ne sais pas. Vous nous connaissiez tant. Vous avez, peut-être, gardé des contacts. Jean-Edgar Mardin vous a-t-il demandé des renseignements ?

— Non. J'ai lu que c'était un grand policier. On m'a dit qu'il était exemplaire. C'est bien. Tous ces garçons qui ont réussi, c'est un grand honneur pour le lycée. Certains ont fait de grosses bêtises. Ils ont eu de mauvaises fréquentations, des influences néfastes. Ah ! si au lieu de porter aux nues Sartre, Mao Tsé-Toung et les hurluberlus de mai 68, on s'était davantage penché sur les grands classiques ! Dire que celui qui s'est fait appeler le Prêcheur déclamait *Les Nuées* d'Aristophane dans le texte ! Quel gâchis ! Un garçon si brillant, un vrai littéraire.

Il n'en dit pas plus. Ses achats terminés, ils retournèrent chez lui. Il tint à offrir deux doigts de jerez à Curveillé qui ne put refuser un Tio Pépé sec et alcoolisé qui lui fit un peu tourner la tête.

M. Lagir expliqua qu'il allait partir en vacances, vers Draguignan. Il s'était découvert une nouvelle passion, la botanique. Il irait herboriser, en famille, à la recherche d'une variété de campanule qui semblait ne pousser que du côté de Bargemon.

Curveillé apprit aussi qu'on pouvait contacter la malaria sans quitter la France, au voisinage des aéroports, par un anophèle échappé d'un avion venant d'Afrique, que le moteur rotatif revenait en force, que le dernier bouquin de Didier Daeninckx était excellent, que Depardieu dans *Cyrano* n'arrivait pas à la cheville de Daniel Sorano, que jamais un génie comme Boulez n'avait fait fuir autant de mélomanes.

Il fut convaincu du bien-fondé de la réintroduction du vautour moine dans les Cévennes et du lynx dans le Beaufortin, il admit que Combas était un grand peintre et refusa deux nouveaux doigts de jerez. Il s'en alla, n'osant accepter l'invitation à déjeuner, prétextant un travail urgent. Avant de se quitter, ils s'étreignirent comme deux vieux copains.

L'étape suivante fut aussi un retour dans le passé scolaire. Dercoat, professeur certifié d'anglais, vivait dans un patelin un peu à l'écart de la nationale 7, sur une colline en pente douce où les longs alignements bien ordonnés de pêchers et autres arbres fruitiers annonçaient qu'on était aux portes du Midi. À soixante-cinq ans, il avait gardé l'aspect et l'apparente nonchalance d'un haltérophile poids lourd. Ses yeux à l'éclat métallique et sa masse musculeuse en imposaient tellement que, de mémoire de potache, on n'avait pas souvenance que quelqu'un ait osé, l'espace d'un instant, lui tenir tête. On ne se souvenait pas, non plus, de l'avoir vu piquer cette noire colère qu'ont, à époques régulières, tous les profs en manque de défoulement.

On savait peu de chose de lui. Breton, à dix-sept ans, Dercoat avait traversé la Manche à la rame pour rejoindre, en Angleterre, les Forces françaises libres. Il était arrivé au lycée de Vienne probablement par hasard, était veuf, catholique et bouliste. Il adorait les chants et la musique d'Israël et si on le branchait sur de Gaulle, il devenait lyrique.

Il accueillit Curveillé dans son jardin, en bras de chemise et bleu de travail. Coiffé d'un grand chapeau de paille, il transpirait et sentait une eau de cologne vieillotte.

— Que viens-tu faire par ici, s'exclama-t-il, cela fait au moins cinq ans que tu ne t'es pas montré ?

— Plus, je pense, répondit le Lyonnais, depuis l'enterrement de M. Quémart.

— Le Gut !

— Oui, aux Côtes d'Arey. On y était tous, enfin, presque.

— Sept ans déjà ! Quel bonhomme le Gut, un surveillant général comme j'en ai peu connu ! Il jouait les salauds pour cacher un cœur d'or.

— Oui, c'était un type bien.

— C'est curieux que tu ne lui aies jamais gardé rancune. Si je me souviens bien, il t'avait salement arrangé.

— En seconde, une gifle qui avait glissé. J'ai eu le nez cassé.

— Tu l'avais bien mérité, la gifle ! Quelle beigne pour te casser le nez ! J'étais furieux contre lui, je n'étais pas toujours d'accord avec ses méthodes, mais aller dire à la professeur de musique que tu l'adores, que tu es amoureux d'elle et qu'elle ne doit pas te punir alors que tu faisais exprès de chanter faux et de lui trafiquer ses partitions !

— C'est vrai.

— Au fait, comment faisais-tu ?

— Pour les partitions ?

— Oui.

— C'était simple. J'avais remarqué que, par coquetterie, elle ne portait pas ses lunettes, en classe. Un soir, j'ai raflé dans le tiroir de son bureau toutes les partitions qui lui servaient soit pour la chorale, soit pour illustrer ses cours, au piano. Avec une lame de rasoir, j'ai gratté quelques notes sur chaque page, des notes essentielles que je remplaçais à l'encre de Chine, par d'autres notes d'un ou deux degrés au-dessus ou au-dessous. Comme tous les gens qui ont fait beaucoup de musique, elle travaillait de mémoire mais en jetant un coup d'œil sur la partition. Lorsqu'elle arrivait à une note que j'avais falsifiée, son sens de la musique, sa mémoire de musicienne contredisaient ce qui était écrit ; cela donnait une hésitation qui, bien entendu, faisait s'étonner mes condisciples qui sombraient dans la plus grossière hilarité avec le couac qu'elle ne manquait pas de faire en donnant la priorité à ce qui était écrit, contre ce que son mental lui dictait.

— Elle a vite compris ?

— Pas tout de suite. Après, quel bazar ! Elle a fait son enquête. Les partitions n'avaient pu être prises que le soir. Nous n'étions que deux internes dans la classe ; l'autre, souvenez-vous, Moisny, était irréprochable, un bosseur qui ne levait pas la tête de son travail. Un pion s'est souvenu de m'avoir vu très studieux sur des portées.

— Tu étais cuit.

— Oui. Elle a dit que ce ne pouvait être fait que par un musicien pervers. Mes déclarations d'amour n'ont rien arrangé, au contraire, elle était folle furieuse.

— C'était une belle femme.

— Mieux que cela, toujours des bas noirs, des

hauts talons aiguilles, des cheveux longs qui lui tombaient sur les épaules, des hanches un peu fortes, on l'appelait le corps enseignant. Je devais me croire irrésistible, style jeune et beau ténébreux, Radiguet n'était pas loin.

— Elle t'a mouché.

— Oui, elle ne m'a pas fait de cadeau. Maintenant, je la comprends. Les photocopieurs n'existaient pas, les partitions étaient chères et difficiles à se procurer. Le plus ardu a été de replacer les notes justes. Je n'avais rien conservé de mes altérations. Ma punition devait être un dimanche de colle par note mal rétablie. J'étais écrasé. Heureusement, le guitariste des Compagnons du Rythme m'a aidé. J'ai écopé, tout de même, de deux dimanches. Nous avions oublié deux bécarres.

— En prime, tu as ramassé la plus belle trempe de ta vie.

— N'exagérons rien. Après, Quémart a été plus embêté que moi. Il m'a été reconnaissant de ne pas en faire un flan. D'ailleurs, si je m'étais plaint chez moi, mon père m'en aurait mis autant. C'est Quémart qui m'a obtenu mon premier poste de surveillant. Il disait que ce sont les élèves les plus turbulents qui font les meilleurs pions.

— Et, à l'heure qu'il est, tu es un monsieur arrivé, sérieux, patron d'entreprise. Au fait, ça marche toujours aussi fort ?

— Ça marche très bien ; en ce moment, je suis en vacances.

— Alors, tu en profites pour venir voir le vieux prof.

— Oui, mais c'est intéressé.

— Ne me dis pas que tu vas reprendre l'étude de l'anglais !

— Pas du tout. C'est à propos de l'Organisation révolutionnaire lyonnaise.

Comme avec M. Lagir, Curveillé se jeta à l'eau. À quoi bon raconter des salades ou se perdre dans d'inutiles faux-fuyants. Dercoat en avait vu d'autres, il ne se départit ni de sa bonhomie ni de son flegme. Il dit simplement :

— Qu'est-ce que tu peux bien avoir affaire avec ceux-là, tu ne viens tout de même pas me raconter des histoires qu'il vaudrait mieux que je n'entende pas ?

— Non, rassurez-vous, je ne viens pas à confesse. Par malchance, j'ai été mêlé à une drôle d'affaire, j'ai besoin de comprendre, il me faut d'autres points de vue que la version officielle.

— Et tu crois que si je savais quelque chose, je te le dirais ?

— Je ne sais pas. J'imagine que, si c'était grave et contraire à l'intérêt général, vous l'auriez déjà dit. Vous avez toujours été très proche de vos élèves. Mieux que quiconque vous saviez les évaluer, les comprendre. Lorsque nous avions besoin d'un conseil, c'est à vous qu'on le demandait.

— Tu oublies Le Mus et Bolay.

— C'est vrai, eux aussi faisaient figure de maîtres à penser. On a eu de la chance d'avoir des profs comme vous.

— Si tu continues, mes chevilles vont enfler. Décidément, c'est votre semaine de bonté aux anciens élèves ! Jean-Edgar Mardin m'a tenu à peu près les mêmes propos, au téléphone, hier.

— Ah bon !

— Tu crois que tous sont comme toi qui rappliques au bout de sept ans, sans avoir donné signe de vie, entre-temps. JEM vient me voir régulièrement, je connais sa femme et ses enfants. Il lui arrive de m'aider ici pour certains travaux. À l'automne, on va ramasser des champignons ensemble. Il n'est pas le seul à garder le contact. Le mois dernier, c'est Ambloin qui s'est arrêté.

— Le Tonin ?

— Oui, en coup de vent, comme d'habitude, entre le nord et le sud.

— Toujours psychiatre ?

— Oui. Il ne prend plus que quatre clients par jour. Au-delà, il pense qu'on ne peut pas faire du bon travail. Quelle personnalité ! Alors, tu vois ?

— Excusez-moi je...

— Voilà que tu ne comprends plus la plaisanterie. Je suis très content de te voir. Quel que soit le motif de ta visite, l'important c'est que tu aies pensé à moi.

— À propos de Mardin, c'est lui qui m'a sorti du guêpier dans lequel j'étais. Il vous l'a dit ?

— Non, mais il semblait préoccupé par des rebondissements de cette histoire de l'Organisation. J'ai senti qu'il ne voulait pas s'étendre et, comme d'habitude il parle très peu de son travail, je n'ai pas cherché à aller plus loin. Mais toi qu'est-ce que tu fais là-dedans ? Si tu me racontais ?

Curveillé raconta.

15

Dercoat savait écouter. Il n'interrompit pas une fois son ancien élève durant son long exposé. Ils déambulèrent, côte à côte, les mains dans les poches, entre les arbres du verger. À la fin, Dercoat cueillit une pêche veloutée et la tendit à Curveillé.

— Tu peux mordre dedans, mes fruits ne sont pas traités, seuls les arbres nus, en hiver. Dès les premiers bourgeons, je ne fais plus rien. C'est déjà trop, mais on ne peut plus avoir un fruit sans traiter un minimum. Il faut revenir en septembre, j'ai des pêches de vigne qui ne payent pas de mine mais ce sont les meilleures.

Ils s'installèrent au fond du jardin, sous une glycine exubérante qui laissait à peine passer quelques éclats de soleil qui trouaient l'ombre comme les brins d'un rideau effiloché. Un mince filet d'eau grisollait en s'écoulant dans un petit bassin où deux ou trois bouteilles de rosé étaient à rafraîchir. En un tour de main, deux verres qui trempaient dans l'eau transparente furent rincés. Après le fruit, le vin vert laissait derrière la langue comme un regret de douceur. Curveillé goûta ces instants de sensualité extrême où de petits riens combinés font les grands bonheurs.

— Cette histoire est singulière, dit le retraité et, sans aucun doute, elle a d'autres tenants mais je ne la vois pas plonger ses racines à l'intérieur du lycée bien que le principal protagoniste ait été un de nos élèves ; on s'est souvent interrogé, entre professeurs, là-dessus : est-ce qu'il y aurait eu une bande, un groupe caché, un semblant de clan où les premiers ferments de ce qui deviendrait l'Organisation étaient en gestation ? Nous ne l'avons jamais senti. Certes, en trente ans la mémoire s'émousse, on vieillit, les mentalités, les idéologies ont changé.

— Un professeur, un surveillant a-t-il pu jouer, pour un nombre restreint, le rôle de catalyseur ?

— Un gourou ? Un genre de Sartre aux petits pieds ? Non. Personne n'avait ni la stature ni la personnalité. Nous étions très divisés politiquement mais ceux qui étaient très à gauche étaient totalement désamorcés, déjà. Les élèves savaient que, derrière les prises de position générale, la véhémence syndicale, les plus acharnés pleuraient dans le bureau du censeur pour avoir des heures supplémentaires, quitte à laisser des maîtres auxiliaires sur le carreau, ou allaient en rasant les murs donner des heures de cours dans les institutions religieuses du coin ou au Cours Pascal à Lyon.

— Pourtant, certains ne faisaient pas de cadeau. Il fallait raisonner dans la prospective marxiste. L'avenir de la société, du monde ne pouvait s'inscrire que dans ce sens. En dehors, pas de salut. Même en métaphysique. Au fond de mes tiroirs, j'ai encore un devoir où, plein de fougue, j'expliquais mes espoirs basés sur les théories de Teilhard de Chardin. Dans la marge, à l'encre rouge, à côté d'un six ou d'un sept sur vingt, le professeur s'est contenté d'annoter d'une griffe minuscule : morale de boy-scout.

— Bel exemple d'intolérance.

— Vous ne croyez pas que le Prêcheur a été à bonne école ?

— Je crois, maintenant, qu'il a été manipulé.

— Par un professeur, alors ?

— Du lycée ? Non. Plus tard en faculté ? Je n'en sais rien. Je viens d'avoir cette idée à la lumière de ce que tu m'as raconté et en fonction de ce que je savais déjà. C'est curieux qu'avec Mardin nous ne soyons pas arrivés à une telle conclusion. La police a toujours cherché les coreligionnaires, elle n'a jamais cherché à savoir à qui cela profitait.

Au volant de sa voiture, sur le chemin du retour, Curveillé médita les ultimes affirmations de Dercoat. Ainsi, les derniers meurtres n'auraient pas été commis par de simples comparses craignant qu'on remonte jusqu'à eux ?

Qui alors ? Un organisme occulte, un PDG de l'Organisation qui s'en serait sorti en laissant son directeur général et ses cadres dynamiques dans le pétrin ? Au procès, on avait bien dit que les groupes terroristes avaient des relations entre eux. On avait fait état de pourparlers entre des groupuscules français, allemands, palestiniens mais de là à être coordonnés, manipulés par un organisme ou un individu occulte, le pas n'avait jamais été franchi. C'était contraire à la logique même de groupes se réclamant d'idéologies apparemment proches mais totalement tributaires des positions caractérielles des individus qui les composaient. Même Carlos, la triste vedette du terrorisme international, le génie monstrueux de la bombe inopinée, n'avait jamais tenté de remplir ce rôle-là.

Malgré le prestige que lui conféraient son inconcevable chance et ses actions inhumaines, il n'avait pu être qu'un free-lance de la cruauté au service de groupes déjà constitués. De rassembleur, il n'avait réussi qu'une alliance, celle avec Magdalena Kopp, ancienne militante de la Fraction armée rouge auprès de laquelle il vivait une sinistre idylle couvée par les services spéciaux syriens, du côté de Damas.

À la fin de cet après-midi, Curveillé gara sa voiture, place Saint-Maurice. Il prit l'escalier assez raide qui mène au parvis de la cathédrale de Vienne et alors qu'il s'apprêtait à prendre l'étroit passage qui conduit à la place Saint-Paul, mû par une subite inspiration, il poussa la lourde porte du grand lieu sacré. Des touristes discrets, le nez en l'air, scrutaient les sculptures en haut des piliers et tournaient autour de la nef en jetant des regards furtifs vers les quelques fidèles isolés et immobiles qui priaient, taches sombres dans le clair-obscur. De temps en temps, une ombre grise traversait à petits pas le chœur, on entendait roucouler des pigeons dans le toit du transept ou sur les contreforts, les vitraux éclataient sous le soleil accentuant le contraste entre le haut céleste et le bas terrestre, magnifiant le symbole du ciel paradisiaque et de la terre pécheresse.

Curveillé s'assit tout au fond, dans la pénombre. Il eut une pensée pour sa mère. Où qu'elle soit, elle devait avoir chaud à l'âme de le voir ainsi, humble publicain, utiliser la fraîcheur et le silence de la primatiale pour essayer de remettre de l'ordre dans ses idées. Il ne progressa pas dans les déductions sur le sujet qui le préoccupait mais il sentit une grande paix intérieure, comme si ses doutes et ses angoisses sur le bien-fondé de sa démarche étaient balayés et remplacés par la certitude qu'il œuvrait pour une bonne cause.

Dehors, il fut surpris par l'intensité de la lumière et eut un moment d'hésitation avant de prendre la rue Calixte-II pour aller au centre ville.

— Voilà, maintenant, qu'on ne dit plus bonjour ! s'exclama une voix.

Les yeux encore pleins de soleil, il lui fallut un temps pour accommoder et reconnaître celui qui venait vers lui, la mine joyeuse et la main tendue, Yves-Jean Ester, journaliste au *Progrès de Lyon*, critique de théâtre et grand amateur de jazz. Il avait troqué son costume trois-pièces d'hiver et son éternel nœud papillon contre un pantalon d'été et une chemise légère qui lui donnaient l'allure d'un gamin, et le rajeunissaient de dix ans. En le découvrant, Curveillé réalisa qu'il ne l'avait pas rencontré depuis le début du Festival et s'en étonna.

— Maintenant que tu es là, je me rends compte que je ne t'ai pas vu au Festival, ni au point-rencontre des journalistes, ni dans un bistrot à l'occasion d'un bœuf.

— Ne m'en parle pas, mon vieux, j'ai tout loupé à cause d'une sombre histoire mais je te raconterai ça plus tard. Pour l'heure, on va se trouver un troquet et je t'invite à boire quelque chose de très frais car j'ai une pépie du tonnerre.

Ils descendirent le cours Romestang, la principale artère de la ville. Au centre, sur le large terre-plein, entre deux lignes de catalpas, la foule bonasse allait et venait, s'arrêtant pour écouter les orchestres de musiciens locaux qui commençaient à jouer aux terrasses que les bars de l'avenue avaient installées sur le même terre-plein. Cela ne facilitait pas la circulation, les voitures roulaient au pas, les gens devaient slalomer entre les tables et les chaises mais les mauvais coucheurs étaient absents, les klaxons muets, la musique n'usurpant pas sa réputation de calmer les esprits.

Ils prirent le cours Briller qui, de la place de la Gare, descend au Rhône. Ils s'assirent à la terrasse du bar du Monument. Ici, on parlait peu de jazz mais toujours de rugby. Déjà, quand Curveillé était jeune, les anciens du CSV, les joueurs de l'équipe et les juniors s'y retrouvaient. Le bar s'était transmis du père au fils et la tradition se perpétuait par la présence de sacs de sport dans un coin, de jeunes gens bien bâtis en survêtement, de messieurs grisonnants et costauds, passablement enveloppés, de visages aux arcades sourcilières en pointillé, de nez mal recentrés, d'oreilles délicatement réduites à l'état de brocolis. De temps en temps, passait Jacky Bouquet, ancien international, le plus racé des ouvreurs que l'équipe de France ait connu. Il serrait toutes les mains et chacun se sentait honoré par la simplicité de ce formidable joueur dont les trajectoires fulgurantes au travers des lignes arrière britanniques nous avaient souvent vengés de Waterloo.

— Vous avez vu qui est au bar ? dit le patron qui venait de se joindre à eux.

Ils se retournèrent et Curveillé reconnut une silhouette familière, perchée sur un tabouret, devant un demi, discutant avec la femme du patron.

— C'est Ulysse, non ?

— Bien sûr, il est en train d'expliquer à ma femme comment il faut procéder pour que les vieilles casseroles en cuivre retrouvent leur jeunesse et brillent de tous leurs feux.

Ils éclatèrent de rire, ce qui fit retourner l'autre qui, les reconnaissant, s'excusa auprès de la dame, ramassa son verre et, du pas tranquille de celui qui a une longue vie devant lui, vint s'installer à leur table.

— On ne peut même plus baratiner les femmes des copains ! dit-il, jovial. Ces messieurs sont viennois ! Il ne se passe donc rien à Lyon puisque la grande presse est en vadrouille et que nous avons la chance que le dépanneur en tout genre condescende à nous visiter. Nonobstant, je suis bien content de votre présence et, pour le prouver, patron, remplis les verres !

C'était ça Ulysse, un mélange de gouaille et de gentillesse, une bonne humeur toujours égale, un sens de l'amitié sans calcul. Il était employé de banque pour croûter, bricoleur génial le week-end pour aider les amis, grand voyageur comme son surnom l'indiquait. Il avait quelques années de moins que Curveillé qui le connaissait, bien entendu, depuis le lycée où, en première et terminale, il avait été amusé par le merdeux qui osait venir se mettre dans les pattes des grands. Le gamin était pendu à leurs basques à tous les intercours, à la moindre récréation, ne perdant rien de leurs conversations, sachant leurs projets et leurs espoirs. Des décennies après, il pouvait citer des faits, ressortir des anecdotes qui laissaient pantois ses interlocuteurs. Adultes, Curveillé et lui avaient fait quelques escapades, couru beaucoup de concerts de jazz ensemble et le Viennois l'avait aidé à retaper sa maison dans les bois. Les liens étaient solides entre les deux hommes, quoique très élastiques mais c'était le propre de Curveillé qui, tout en vivant comme un loup solitaire, gardait des attaches privilégiées. Ulysse était marié à une femme épatante, ils avaient trois gosses et vivaient dans une grande maison sur les hauteurs de Vienne. Il aurait été totalement heureux à quatre conditions : que les banques françaises soient dirigées par des gens moins cons, que le comte de Paris remplace Mitterrand, qu'on baisse les prix de la côte-rôtie, qu'à la fin des matches des Cinq Nations de rugby, on puisse donner la fessée aux arbitres britanniques.

À la terrasse du bistrot, ils se calèrent davantage dans le rotin, commandèrent d'autres bières et se laissèrent glisser béatement dans cette fin d'après-midi suave et futile. Le patron les quitta car c'était l'heure du coup de feu, ils continuèrent à échanger des vannes et passèrent encore un bon moment, d'autant que quelques croupes passagères n'étaient pas dénuées d'intérêt. Soudain, le journaliste se leva et Curveillé fut pris de court. Il n'avait pas trouvé le biais pour le brancher sur l'Organisation. C'était dommage car le journaliste, très inséré dans la vie locale, était au courant de tout et régalait, souvent, ses amis de mille potins. Cela ne l'empêchait pas d'être aussi un fin critique de théâtre ; ses articles sur Planchon, Chéreau, Maréchal, Weber, dénués de toute flagornerie, avaient contribué à renforcer la crédibilité des deux grandes réussites théâtrales lyonnaises, le TNP de Villeurbanne et le Théâtre du VIIIe. Malgré les exhortations de ses deux amis, il ne resta pas une minute de plus. Il ne pouvait se permettre de dépasser l'heure limite pour faxer son dernier papier.

— C'est toujours ici qu'on se sent le mieux, dit Ulysse, presque béatement. Je n'ai pas toujours le temps mais lorsque je peux, avant de rentrer à la maison, après le boulot, je passe. Je bois une mousse ou deux, jamais plus. Je retrouve les mêmes potes, ceux qui habitent par ici mais, parfois, un mec s'amène, boit un coup au zinc, on se dévisage, on se reconnaît. Cinq, dix ans, quinze ans qu'il a disparu, il est de passage, il se souvient, il n'a pas pu s'empêcher de revenir là. Comme ça, j'ai revu Patouille, Tonio, Manix. Au fait, tu as su que l'Araignée était mort ?

— Ça m'a foutu un coup. Quel chic type !

— Au fait, j'ai revu aussi le Duc.

— Bon Dieu ! qu'est-ce qu'il est devenu celui-là ?

— Je ne l'aurais pas reconnu, maigre comme un clou, dans un costard à cinq mille balles, plus de cheveux, voûté, des lunettes. Il s'est approché de moi et m'a demandé si on ne me surnommait pas Ulysse, autrefois. Tu te souviens comme il était marrant, pince-sans-rire. Non seulement, il est devenu moche mais...

— Oh, à l'époque, il ne faisait pas retourner les filles dans la rue.

— Oui, mais il est devenu puant. Il ne m'a parlé que du pognon qu'il se faisait, de ses bagnoles, de ses baraques en montagne et sur la Côte, de ses deux divorces qui lui coûtaient cher.

— Excuse-moi de te couper, se lança Curveillé, je viens de penser subitement que nous avions tous des surnoms au lycée et que ce n'est pas étonnant que cela se soit retrouvé dans l'ORL.

— L'ORL ?

— L'Organisation rév...

— Ah oui ! sauf que, dans toute la bande, il n'y en avait qu'un qui sortait de chez nous et que, son surnom, il ne l'avait pas reçu au bahut.

— Tu veux parler du Prêcheur ? insista Curveillé sans en avoir l'air.

— Bien sûr.

— Tu l'as vu ici ?

— À une époque, il devait venir mais cela fait longtemps. Une fois, je l'ai rencontré avec un de ses copains, un type immense, baraqué, le teint olivâtre, les cheveux courts, la mâchoire saillante. Sur le coup, il m'a rappelé un deuxième ou un troisième ligne du Sud-Ouest, même impression de puissance au repos, même sûreté dans l'allure que confèrent plus de cent kilos de muscles harmonieusement répartis, mais je me trompais, c'était un inconnu. Il m'avait fait une telle impression que, bien plus tard, je n'ai eu aucun mal à le situer, lorsque, par le plus grand des hasards, je l'ai revu, juste avant que toute la bande se fasse coffrer et que des photos, dont la sienne, paraissent dans tous les journaux.

— Tu l'as rencontré comment ? demanda Curveillé, le ventre étrangement noué.

— Dans un restau, sur la 7. Je faisais du démarchage pour ma banque. J'allais voir, à domicile, des gens qui possédaient quelques économies, pour leur faire miroiter les avantages de bons placements. On a des clients qui habitent assez loin. Un soir, entre Tain et Valence, j'avais une faim de loup, je me suis arrêté pour manger un morceau dans un routier, en retrait de la route. Une quantité impressionnante de poids lourds stationnaient sur un vaste parking, à côté d'une belle enseigne lumineuse. Je pensais que, là où on trouve beaucoup de camions, la bouffe est bonne et pas chère. Je me gourais.

— C'était un boui-boui ?

— Hélas. Dedans, presque pas d'éclairage, un long bar américain, une ambiance enfumée, de la musique country genre Jimmy Cash ou Winnie Nelson, trois ou quatre filles très fardées, les nichons presque à l'air et le cul moulé dans des minijupes ajourées. De temps en temps, l'une d'elles disparaissait dans l'arrière-salle au bras d'un type passablement congestionné.

— Tu n'as pas fait demi-tour ?

— Non. J'avais la dalle et ma cravate n'avait l'air de déranger personne. Un serveur ou le patron m'a pris par le bras, m'a installé dans un coin. Je ne me souviens pas du menu mais ce n'était pas rare.

— Et ton type dans tout ça ?

— Je l'ai tout de suite reconnu. Il était assis à une table, de dos, il avait tombé la veste et ne pouvait pas passer inaperçu car, malgré l'environnement de gros balaises, son torse puissant et ses bras musclés faisaient paraître les autres comme des demi-portions. À un moment, il s'est levé pour aller aux toilettes, il a mis des lunettes noires ce qui, vu la luminosité des lieux, était assez cocasse. Après, j'ai compris. Il était en tête à tête avec un grand type, les cheveux courts totalement gris, bien sapé, la cinquantaine. J'ai eu l'impression de le connaître aussi, mais je n'ai pas pu le situer. Ce n'était pas un ancien du bahut, j'en suis certain.

— Tu n'en as pas parlé à la police ?

— Ce n'est pas mon genre ! et puis, tu me vois aller cafter chez les flics et leur dire : vous savez, un des types que vous avez arrêtés, je l'ai vu dans un claque, près de Valence, en train de casser la croûte. Je pense que des dizaines de types, comme moi, pourraient en dire autant. Les flics m'auraient pris pour un barjot.

— Tu te souviens du nom du restau ?

— Non. Dis donc, ça t'intéresse vraiment ?

— Comme ça, pour savoir.

— Non, je ne me souviens pas du nom du restau mais c'est facile, pas très loin, j'ai fait le plein dans une station Texaco, ça m'a frappé, c'est la première fois que je voyais cette compagnie américaine implantée sur la nationale 7. De nuit, les camions, le grand parking, les bagnoles qui défilaient en miaulant, les néons, les frites et les hamburgers, ça avait un côté vieux film série B américain.

16

Ils se quittèrent plus tôt que ce qui aurait dû arriver en temps normal. Le Lyonnais n'avait qu'une hâte, se retrouver seul pour libérer ses déductions mentales tourbillonnantes et se lancer sur une piste qu'il jugeait très sérieuse.

Il estimait avoir découvert un élément fondamental qui avait échappé à Mardin et à tout l'appareil policier et judiciaire. Nulle part, il en était convaincu, l'homme B.C.B.G. aux cheveux gris n'était mentionné. Le dossier de presse ne permettait pas d'imaginer l'existence d'un tel personnage. En supposant que ce type soit simplement un ami, un parent, une simple connaissance, il ne se trouvait pas, fortuitement, dans un lieu équivoque avec le Disciple car, à l'évidence, le colosse décrit par Ulysse ne pouvait être que l'adjoint du Prêcheur.

Le concert du soir devenait secondaire. Soixante-dix kilomètres séparaient Vienne de Valence. Le temps d'un aller-retour, Curveillé pourrait, peut-être, assister à la deuxième partie de la soirée.

En allant récupérer sa voiture, il passa par la place de l'Hôtel-de-Ville où il put saisir deux ou trois sets du pianiste Marcus Roberts mais le cœur n'y était pas. Dans la Peugeot, pris d'un doute, anxieux, il compulsa fébrilement le paquet de documents que Mardin lui avait envoyé et qui ne le quittait plus. Il chercha parmi les photos, dans les principaux articles, quelqu'un qui puisse ressembler à la description de l'inconnu. Avec un soulagement ambigu, il déposa le volumineux dossier sur le siège arrière lorsqu'il fut convaincu que ses recherches n'aboutiraient à rien. Auparavant, il avait plié en quatre une page de *Libération Lyon* pour la glisser dans son portefeuille, page dont une photo rassemblait les principaux protagonistes de l'Organisation.

Pas une seconde, il ne songea à téléphoner au commissaire Mardin.

Il démarra en trombe, conduisit d'une manière brusque et guère prudente dans les rues étroites de la vieille ville, s'en rendit compte, respira un grand coup, frotta ses mains moites le long de son pantalon et se tempéra. Il faisait encore jour lorsqu'il trouva. Le soleil venait de disparaître, les voitures roulaient en feux de position, les néons des hôtels, motels, bars et les diverses publicités brillaient sans l'agressivité particulière que les lumières artificielles prennent en pleine nuit. Il repéra la grande étoile rouge sur fond blanc de Texaco, sur la droite, un kilomètre avant d'y parvenir, tant la nationale 7 était rectiligne. À gauche, il vit le relais routier, très en retrait par rapport à l'immense parking, comme l'avait décrit son ami. Il nota, aussitôt, l'absence de camion et s'en étonna car dans un lieu pareil, ce n'était ni trop tôt ni trop tard, les routiers s'arrêtant, au gré de leur route, à n'importe quelle heure du jour et de la nuit.

Il se gara entre quelques voitures qui semblaient à l'abandon sur l'immense place vide couverte de gravillons gris et de pierres concassées. Le bâtiment formait un énorme bloc qui ne payait pas de mine car on devait économiser l'électricité. Un volet pendait, il manquait des lattes aux persiennes, deux lettres faisaient défaut à l'enseigne lumineuse du relais des Quatre-Routes ; un store déchiré palpitait sous la brise légère et, que ce soit les montants d'une pergola qui soutenait une vigne vierge moribonde ou les tables et les chaises en bois blanc de la terrasse, tout avait besoin d'un impérieux coup de pinceau.

L'intérieur ne valait pas mieux. Si cela avait été un haut lieu de la luxure prolétaire, rien n'autorisait à fantasmer. Le mobilier avachi, les nappes et les tentures fanées, ne laissaient pas croire à une usure due aux trop nombreux passages de clients mais, plutôt, comme pour l'extérieur, à l'érosion du temps.

En avançant dans l'immense salle sentant le moisi et le vieux mégot, Curveillé eut peur de s'être trompé mais les plantes vertes, le grand bar américain, les petites tables, la porte de l'arrière-salle qui devait conduire aux chambres, tout était bien là. Derrière le zinc, assise sur un haut tabouret, une femme considérait d'un regard morne un poste de télévision accroché à un pilier, à quelques mètres en face d'elle, et qui débitait une ânerie américaine. De loin, la coupe de cheveux, la ligne des épaules, le buste faisaient illusion. De près, c'était une femme qui dépassait la soixantaine, qui relevait ses seins avec un soutien-gorge à carcasse radiale et dont le visage, fossilisé sous un masque de fards, n'exprimait plus qu'une sagesse de trottoir. Lorsque le Lyonnais s'accota au bar, elle eut un vague sourire craquelant son crépi mais elle ne quitta pas des yeux le poste de télévision.

— Bonsoir, madame, dit-il, servez-vous à dîner ?

— Oui, répondit-elle, de l'air de celles qui ont connu tous les hommes de la terre et qui n'en attendent plus rien, nous n'avons pas de carte, un seul menu, jambon persillé salade, civet de lapin et pâtes fraîches, fromage, fruit ou dessert. Le vin n'est pas compris.

— C'est parfait, dit le Lyonnais, en pensant qu'elle lui proposait un vrai menu de routier. Restait à savoir si, dans l'assiette, les produits concilieraient les deux impératifs de la bonne restauration populaire, quantité et qualité.

— Vous prendrez un apéritif ? demanda-t-elle.

— À condition que vous en preniez un avec moi, répondit Curveillé. Pour moi, ce sera une Suze.

Elle avait déjà essayé de sourire. C'était trop. À croire que, comme les chameaux dans le désert, elle avait la peau tellement tendue que le moindre battement de paupières risquait de la faire se répandre sur son siège. Elle le regarda sans ciller et dit :

— Je prendrai un Ambassadeur.

Des années qu'il ne s'était trouvé quelqu'un qui commandât ce truc-là. Elle descendit de son piédestal comme un lézard quitte à regret son coin de terrasse ensoleillé et fit quelques pas pour atteindre les bouteilles du présentoir. De dos, elle faisait encore plus décatie dans une robe deux tailles trop petite enserrant des formes nauséeuses. Elle était perchée sur de longs talons aiguilles qui faisaient saillir de maigres mollets variqueux et ses moindres gestes relevaient d'une équilibriste sur fil. Elle appuya sur le bouton d'un interphone et dit :

— René, un client, mets-le à la dix.

Il voulut engager la conversation mais elle ne lui répondit que par des phrases laconiques, n'éprouvant, visiblement, aucun intérêt à échanger des banalités avec un inconnu. Sous son apparence détachée, elle était très captivée par le programme de la télé.

La porte à double battant de la cuisine s'ouvrit, laissant apercevoir un grand espace carrelé de blanc et éclairé crûment. Un personnage rondouillard en sortit, portant un couvert d'une main et une assiette garnie de l'autre. Il disposa le tout sur une table, hocha la tête en direction de Curveillé, et s'éclipsa dans son antre en traînant les pieds. Visiblement, il avait un sérieux coup dans l'aile. Curveillé n'avait pas très faim. Il trouva l'entrée ordinaire mais fut surpris par le lapin et les pâtes fraîches. Il mangea vite, en silence, d'autant que le type qui servait, allait et venait, sans un mot, jetait des regards furtifs, semblait guetter la femme-tronc, impavide, accrochée à son bar. Perplexe, le Lyonnais ne voyait pas comment procéder pour obtenir les renseignements qu'il était venu glaner.

Heureusement, parce que son émission venait de prendre fin, la femme se leva et, de sa démarche flottante, disparut dans le secret de l'arrière-fond. Aussitôt, par miracle, le serveur se métamorphosa. Il fit le tour des rares dîneurs, quatre ou cinq, qui restaient, demanda à la cantonade qui désirait un café et s'empressa de passer derrière le bar lorsque Curveillé eut répondu à sa question par un doigt levé. Tout en manipulant le percolateur, il en profita pour se verser une solide rasade de cognac dans un grand verre ballon. Dès que le café fut exprimé par la machine, il servit Curveillé et resta auprès de sa table, presque figé au garde-à-vous, le verre de cognac dans le creux de la main. Le Lyonnais l'invita à s'asseoir. Il ne se fit pas prier.

— Vous n'êtes pas du coin ? dit-il.

— Non, j'habite Lyon, mais ce n'est pas la première fois que je m'arrête.

— Tiens ! Je ne me souviens pas de vous. Pourtant, les habitués, je les repère tout de suite.

— La dernière fois, c'était beaucoup plus animé, dit Curveillé, avec des amis, on avait trouvé l'ambiance terrible.

— Ça fait un bail, dit le bonhomme, c'était avant que les flics et les impôts nous tombent dessus.

— Ah bon !

— Une affaire en or, ici, monsieur, rien que du passage, des types qui voulaient prendre du bon temps avant de se remettre au volant et de retrouver leur grognasse. Les pédés, ils m'ont fait tomber pour proxénétisme. Est-ce que j'ai une tronche de mac ? Les filles étaient libres, elles se faisaient sauter par qui elles voulaient, elles me payaient les chambres et le service, au prix fort, mais c'est tout. Non seulement il a fallu que je crache des millions mais ils m'ont foutu dix-huit mois de taule. Quand je suis revenu, c'était à pleurer, tous les clients avaient fui, il a fallu vendre même le juke-box et l'appareil à air conditionné. Fanfan était restée. Vous l'avez vue, avec sa binette, pas question de recommencer une autre carrière. Elle croit qu'elle me tient par les couilles, qu'il y a encore quelque chose à tirer d'ici. Je la laisse faire, elle joue à la patronne.

— Je me souviens du nombre impressionnant de poids lourds sur le parking, mentit Curveillé.

— Des Belges, des Allemands, des Hollandais, des gros culs de la France entière. Certains n'hésitaient pas à faire un détour ou à rouler une ou deux heures de plus pour se retrouver ici. Ils bouffaient bien, ils buvaient de la bonne bière, ils baisaient des filles propres et, ceux qui voulaient un lit pour se reposer, ils pouvaient dormir quelques heures, tranquilles, comme à la campagne.

Deux clients l'appelèrent, il se leva, se mélangea un peu les chaussures avec les pieds de la chaise. Il prit la carte bleue des derniers convives, alla au bar, sembla ne pas trop mal se débrouiller avec la machine enregistreuse, revint, partit dans la cuisine, revint encore. Dans la grande salle ne restaient que lui et Curveillé.

— Si je vous offrais un petit digestif, proposa ce dernier.

— Ce n'est pas de refus, s'empressa de proclamer le patron qui, au lieu de servir une autre rasade, au bar, alla chercher la bouteille et un verre propre qu'il déposa devant Curveillé auquel il versa une dose à assommer un éléphant.

Le Lyonnais se demanda s'il n'allait pas être obligé de se bourrer à mort pour obtenir quelques tuyaux. Ils burent en silence, se versèrent une autre tournée. C'est le patron qui reprit la conversation.

— On avait, de temps en temps, des gens bien qui venaient rigoler, arroser un événement, faire la fête. Putain, qu'est-ce qu'on a pu se marrer ! Des gens qui avaient de la monnaie, pas des charlots, ils marchaient au champ et avec ce qu'ils claquaient en une nuit, nous, on pouvait s'en mettre à gauche et les filles se faire une dot.

Curveillé sortit son portefeuille, le gars se méprit.

— On a le temps de s'en boire encore une, vous payerez après.

Curveillé sortit quand même son portefeuille et

déplia la photo où les principaux responsables de l'Organisation apparaissaient.

— Certains de ces gens-là étaient-ils de vos clients ? demanda-t-il.

Le type fit un bond en arrière, les yeux exorbités, les traits révulsés. Il manqua de renverser la table et d'embarquer les verres et les bouteilles avec.

— Merde ! c'est bien ma veine, un flic !

— Non ! Vous vous trompez !

— Merde ! un flic !

— Je vous dis que je ne suis pas un flic.

— Merde ! j'aurais dû m'en douter, un gonze qui paye aussi facilement une tournée, ça n'existe presque plus de nos jours. Merde !

— Asseyez-vous, on va s'en reprendre un petit coup et je vais vous expliquer.

— M'expliquer quoi ? Vous vous baladez avec la photo de mecs que je ne connais pas et vous posez des questions. Merde ! qui êtes-vous ?

— Un homme qui a de sérieux problèmes avec les flics et qui cherche à comprendre.

— Vous avez des emmerdes avec les cognes, vous ?

— Salement.

— Tous des pourris, quand on ne les rince pas, ils vous cartonnent. J'en sais quelque chose. Qu'est-ce que vous avez fait, vous ?

— Ça serait un peu long à raconter mais il suffit que je vous dise que je possède une petite entreprise à Lyon. Ils ont découvert que je magouillais un peu, fausses factures, denrées plus ou moins illicites. Ils ont voulu me faire casquer, je n'ai pas marché, alors, maintenant, ils veulent me faire porter le gros chapeau, dans une histoire où je ne suis pour rien.

— Les fumiers !

— Si j'arrive à retrouver un type qui peut me servir de témoin, je pense que je pourrai me dédouaner. Par des copains, j'ai appris qu'il venait ici. C'est tout ce que je sais.

— C'est pas clair, ton truc, mon pote, c'est pas clair.

Le Lyonnais en était bien persuadé. Ses explications étaient plus que vaseuses mais, que dire pour entrer dans le vif du sujet ? Heureusement, le cognac produisait ses effets et le tôlier, insensiblement, allait dépasser le stade de la pensée réfléchie pour parler, pour le plaisir de parler, comme tous les poivrots.

— C'est vrai que ce n'est pas clair, reprit Curveillé, mais je suis dans la merde jusqu'au cou et, si les flics arrivent à me coincer, ils ne me feront pas de cadeau et j'en aurai pour un paquet d'années.

— Je ne comprends rien à tes salades mais si c'est pour baiser la flicaille, je suis avec toi, montre-moi cette photo.

Le client déplia la page du journal, l'aplatit, la lissa du tranchant de la main. Le patron, en dodelinant de la tête, scruta les visages, l'œil trouble. Il ne lui fallut qu'un temps pour mettre son doigt sur un visage et pour s'exclamer :

— Celui-là, le balaise ! je l'ai souvent vu ici ! Il ne montait jamais avec les femmes. Il venait discuter avec M. Christian. Souvent, il venait avec un autre type mais je ne me souviens pas de sa gueule. Celui-là, on ne pouvait pas l'oublier. Un mastodonte, un costaud pareil qui ne tirait pas son coup, les filles en étaient toutes retournées !

— Et ce M. Christian ?

— Un seigneur. Plein aux as. Un habitué. Au début, il venait en douce. Il téléphonait, on lui gardait une fille, une jeune. Après, il a pris ses habitudes. Ici, il était en confiance. Il aimait bien les gamines, celles qui ont des petits culs et des gros nichons. Souvent, avec les chauffeurs, il en débarquait. Des greluches qui font du stop, qui n'ont pas le rond, qui croient, parce qu'elles sont girondes et plus malignes que le reste du monde, qu'elles vont pouvoir entuber les mecs sans accorder grand-chose ou en choisissant leurs clients. Voilà ce qu'aimait M. Christian, des jeunes encore un peu farouches, qui s'y croient encore. On le prévenait par téléphone, quand on avait un arrivage. Il se pointait tout de suite. Les chauffeurs étaient à la coule. Certains palpaient le gros billet. Les filles renâclaient, bien sûr. La frime, la honte, avec un vieux, mais M. Christian faisait briller ses dollars, le champagne coulait à flot et c'était rare qu'il n'emballe pas celle qu'il avait choisie. Un mec bien M. Christian, réglo, jamais d'histoire, il payait rubis sur l'ongle. Les filles sortaient un peu secouées de ses pattes mais il banquait. Au petit matin, on les foutait dans un camion, elles repartaient.

— Pas de problème ? osa risquer le Lyonnais.

— Jamais. C'étaient des gonzesses qui devaient vite se mettre au diapason. Si elles voulaient faire la fête et gagner des ronds, il fallait qu'elles en prennent plein leur cul. Parfois, il y avait tromperie sur la marchandise, ce n'était pas toujours des débutantes. Qu'est-ce qu'on a pu se marrer !

— Ah bon !

— M. Christian en avait toujours une bonne à raconter. Une fois, il nous a dit qu'il avait dû se faire soigner, streptomycine et tout le tintouin. Il avait attrapé une chaude-lance avec une morveuse danoise ramassée par un chauffeur à la frontière belge. Elle était en fugue d'une école de bonnes sœurs, c'est ce qu'elle racontait. Lui, tout excité, ne voulait que la croire. Il paraît qu'il voyait à travers sa culotte en coton tant elle était pleine de trous et que son porte-gams tenait avec une épingle de nourrice. Elle lui a fait le coup de la vierge à peine dépucelée. Il lui a refilé un bon paquet de pognon, tout ça pour pisser des rasoirs, huit jours après. Enfin, rien de grave, on ne parlait pas encore du sida.

— Ce M. Christian est du coin ? Il est connu ? demanda Curveillé.

— Connu ? Mais on ne connaît que lui ! C'est un des plus gros entrepreneurs du Sud-Est. Il a des affaires à Valence, à Marseille, à Grenoble, à Lyon. Il change de Mercedes comme de chemise. Il habite un château au bord du Rhône.

— Vous le connaissiez bien. Il est dans la politique ?

— Lui ? Tu rigoles, un bosseur, un bon vivant, un baiseur, qu'est-ce qu'il irait foutre dans cette merde ?

— Et avec le balaise, de quoi parlaient-ils ?

— Tu me prends pour qui ? Tu crois que j'écoute aux portes ? Entre eux, c'était du sérieux. Sûrement des affaires, ça se sentait. Ils s'isolaient, jamais de fille. Ils voulaient pas être dérangés. Ici, on avait tous vite compris. Avec M. Christian, certains moments, on faisait la fête, d'autres, il ne fallait pas confondre, tout pour le business.

— Et son nom ?

— À qui ?

— À M. Christian.

— Courtilière. Comme je te l'ai dit, un mec important, plein aux as.

Un inconnu pour le Lyonnais. Un nom peu commun qui ne lui rappelait rien.

17

Lorsque Curveillé reprit sa voiture, le cognac lui montait aux oreilles. Depuis un bon moment rien d'intéressant n'avait transpiré des propos de plus en plus décousus de son interlocuteur, à part le numéro de téléphone privé et sur liste rouge de Courtilière que le Lyonnais s'était empressé de noter sur un bout de sa nappe en papier.

Quoique le tenancier ait pris de sérieuses longueurs d'avance, il supportait bien mieux l'alcool que son partenaire accidentel qui, craignant d'être pris à son propre piège, écourta la conversation. Il constata, en prenant le volant, qu'il ne pouvait pas se permettre de conduire, vu son état éthylique dangereux. Le moindre souffle de ses narines aurait fait flamboyer un ballon d'alcootest percé.

Il roula presque au pas, durant un kilomètre, jusqu'à ce qu'il trouve une voie de traverse qui le conduise à l'ancien chemin de halage. Depuis l'invention des péniches, il accompagne les berges du Rhône et ne sert désormais qu'aux pêcheurs et aux promeneurs. Là, entre deux touffes de saules, sur un terre-plein qui dominait les eaux sombres et peu engageantes, il bloqua le frein à main de la Peugeot, ouvrit en grand les quatre portes, baissa les vitres avant et arrière, mit le siège passager en position couchette, ôta ses chaussures, ouvrit la boucle de son ceinturon, soupira d'aise et s'endormit béat, complètement bourré.

La fraîcheur de la nuit, les moustiques, l'humidité qui montait du fleuve, le réveillèrent bien plus tard. La montre du tableau de bord indiquait quatre heures trente. Il avait la bouche pâteuse, sentait mauvais. Il eut envie d'un grand verre d'eau gazeuse. Il avait cuvé, son esprit était clair, il pouvait rentrer.

Il s'engagea dans la première entrée de l'autoroute A 7 qu'il trouva et rentra à Lyon. Il s'arrêta dans un attrape-con, avant d'arriver dans la grande ville, juste le temps d'ingurgiter, coup sur coup, deux cafés noirs innommables pour chasser les dernières vapeurs de l'alcool. Rue Mercière, les éboueurs étaient déjà passés. Il rentra la voiture au garage, gravit pesamment les escaliers qui conduisaient chez lui, se déshabilla sans prendre la peine de plier ses vêtements, se glissa, en slip, entre les toiles et, pour la deuxième fois en ce début de journée, sombra d'aise dans les bras de Morphée.

À neuf heures, les cascades de notes du piano d'Erroll Garner le réveillèrent, son radio-K7 réveil était resté sur le réglage de la veille. Il prit une douche virile, eau froide, jet piquant, deux comprimés d'aspirine, se fit un petit déjeuner diététique et téléphona à Mardin.

Le commissaire, avec femme, enfants et cannes à pêche squattait, pour la journée, l'ombre modeste d'un tamaris fossile, en bord de mer, entre le Grau d'Agde et Farinette. Il faisait beau, avec du vent. Le

Grec, le vent moustous, comme disent les Viassois, humide et poisseux, venait de tourner pour une Tramontane constante et un peu forte. Un jour idéal pour accrocher le loup chassant les petits muges innocents et batifoleurs qui surfent dans les hauteurs vertes et transparentes des grosses déferlantes. L'épouse du policier avait tout prévu : la glacière, le Tavel, l'eau fraîche, le pain frais, les rillettes, le jambon cru, la salade de tomates, le melon, les fruits. Elle n'avait pas sourcillé lorsqu'elle avait vu son mari glisser son lourd revolver avec deux chargeurs au fond du grand cabas. Cela faisait partie de sa vie quotidienne, cette chose noire et répugnante qui circulait entre elle et lui, parfois sur la table de nuit, sous le lit, sur le tabouret de la salle de bains quand il s'habillait, souvent, tout en haut de l'armoire, sur la dernière étagère, pour que les gosses ne puissent l'atteindre, toujours sans les chargeurs cachés ailleurs pour ne pas risquer l'accident.

Avant de se marier, il l'avait prévenue, elle savait à quoi s'en tenir. Au début, il s'excusait, honteux, de cette excroissance qu'il portait sous le bras et qui s'interposait dans leurs étreintes. Aujourd'hui, elle savait qu'il était un flic même lorsqu'il dormait. S'il se promenait avec son arme, en vacances, c'était plus par conscience professionnelle que pour ne pas prendre le risque de se la faire voler par un rôdeur qui entrerait dans la maison pendant leur absence.

Mardin prit trois loups dont un de douze cents grammes et n'en fut pas peu fier. Le loup, quand il a été ferré, repart comme une flèche vers le large en se servant du poids du ressac pour casser le fil. À un moment, le commissaire dut se mettre à l'eau jusqu'aux hanches et un paquet de mer lui mouilla la poitrine. Il crut que son bip-bip en avait pris un coup. Il le vérifia. Malgré les éclaboussures, le petit engin qui permettait à son commissariat de l'appeler fonctionnait.

À la même heure, Curveillé songeait à passer par le commissariat puisque le téléphone direct de son ami restait muet. Il tenait d'une main son combiné et de l'autre le bout de nappe en papier de la veille. Presque machinalement, pour voir, par curiosité impulsive, il composa le numéro qui s'y trouvait écrit. Il entendit trois sonneries, eut la crainte de se retrouver en conversation absurde avec un répondeur mais on décrocha. Une voix masculine et morne se fit entendre.

— Oui.

— Bonjour, dit le Lyonnais, je voudrais parler à M. Courtilière.

— De la part de qui ?

— Mon nom ne lui dira rien, c'est urgent.

— Comment avez-vous eu ce numéro ? Vous êtes sur une ligne rouge. M. Courtilière est très occupé. Je ne pense pas qu'il veuille vous parler. Au revoir, oubliez ce numéro ; désormais, passez par l'entreprise.

— Attendez ! Voici mon numéro, qu'il me rappelle. Dites-lui que cela a rapport avec le Disciple.

En même temps qu'il donnait son numéro, Curveillé eut le vertige de la carte qu'il abattait. À l'autre bout, son interlocuteur ne dit rien, marqua un temps, raccrocha. Curveillé fit à nouveau le numéro de Mardin. Celui-ci, sur son lopin de sable, fulminait de dépit. Il venait de rompre un super Rhodia de haute résistance sur une touche de baleine. Ce ne serait pas arrivé s'il ne s'était pas distrait à lorgner le peu qu'enveloppaient les strings de quatre ou cinq naïades bronzées qui jouaient innocemment à la baballe, aux frontières de son territoire halieutique. La pêche, plus que toute autre activité humaine, réclame un don de soi total, une concentration sans faille. Un cheminot conduisant un TGV peut se permettre de regarder passer les vaches. Un chauffeur de taxi arrive à mater, dans son rétro, l'entrejambe soyeux d'une passagère distraite. Un pilote d'avion, dévoré de désir, se met en pilote automatique pour sauter le steward. À la pêche, seuls sont permis les fantasmes terre à terre, les pensées agressives qui soulagent et ne se concrétisent jamais, les petites rêveries libidineuses, à condition que l'œil ne quitte ni le fil, ni la canne, ni le moulinet en mer, ni le bouchon sacrosaint en étang ou rivière. Effleurer un cul bronzé d'un œil concupiscent pour une caresse sans conséquence relève d'une obligation génétique et d'une reconnaissance non formulée d'un certain sens de l'esthétique. Pour un pêcheur, c'est un péché. Mardin l'apprit à ses dépens.

Curveillé, bien décidé cette fois à joindre son copain par tous les moyens, allait composer le numéro du commissariat lorsque son téléphone sonna.

— Courtilière, dit une voix furieuse. Qu'est-ce que c'est que cette salade ? Que voulez-vous ?

— Je voudrais vous poser quelques questions à propos d'un type que vous connaissez.

— Qui êtes-vous ? Un flic ?

— Non.

— Alors, de quoi vous mêlez-vous ?

— C'est mon problème. On vous a vu à plusieurs

reprises dans un routier de la nationale 7 en compagnie du Disciple, un des responsables de l'Organisation révolutionnaire lyonnaise. J'aimerais savoir pourquoi.

— Au nom de quoi ? Je n'en ai rien à foutre de vos questions. Ce type, avec un nom à la con, je ne le connais pas.

— Vous vous isoliez avec lui. C'était un tueur recherché par toutes les polices et qui, par la suite, a été condamné au maximum.

— Et alors ? Vous demandez leur casier judiciaire aux mecs avec lesquels vous discutez dans un bistrot ? Dans mon boulot, il m'arrive d'inviter à boire des dizaines de types et de m'arrêter pour casser la croûte dans tous les restaus du coin.

— Ils ne fournissent pas tous des petites filles.

— Je vois que quelqu'un a beaucoup trop parlé. Je ne vous demanderai pas vos sources. Si c'est pour me faire chanter, ne vous fatiguez pas, ma femme, ma mère, mes filles, mon patelin, tout le monde est au courant. Je fais ce que je veux et je gagne en un jour plus qu'un minable comme vous doit gagner en un mois. Encore une chose.

— Oui ?

— Je vous emmerde.

Il raccrocha, sec.

Avec son fric, il pourrait se payer des cours de maintien ou apprendre à châtier son langage, songea Curveillé envahi d'un doute écrasant. C'est vrai, l'entrepreneur allait s'encanailler, aimait les jeunes putes et les beuveries vulgaires. Après une rude journée, il vivait sa vie, selon ses normes. Qu'est-ce qu'il y avait à redire ? Pas grand-chose. Il rencontrait un terroriste ? Celui-ci pouvait se cacher dans le coin ou être originaire d'un village des alentours. Le Disciple sortait, peut-être, de sa planque quand une trop grande solitude lui pesait. Il venait boire un coup, avait rencontré Courtilière, hâbleur et bon vivant, qui, en d'autres occasions, s'était cru autorisé à s'asseoir avec lui comme auprès d'un vieux pote qu'on retrouve. C'était plausible. Trop. Un peu léger aussi.

Curveillé verrait avec Mardin. Il arriverait certainement à le joindre d'ici la fin de la journée. En attendant, il fallait cesser de jouer au con. Inutile d'alerter le commissariat, il allait rester chez lui, peinard.

Ce fut un jour de ménage. Comme tous les célibataires hommes, il lui prenait de temps en temps la rage de faire le ménage à fond. Il s'y employa, fit même une lessive et étendit son linge dans une loggia qui donnait sur la cour intérieure de son immeuble. Il imagina que sa mère devait avoir un sourire amusé, là-haut, en le voyant doser la poudre de la machine à laver et étendre son linge d'une façon malhabile.

À midi, il sortit du congélateur une baguette de pain prévue pour les jours de grande disette. Il se grilla une entrecôte et fit une salade verte toute simple. Il but de l'eau, beaucoup d'eau, pas du robinet, mais de sa source du Dolon, qu'il rapportait dans un grand bidon chaque fois qu'il allait à sa campagne. C'était sa cure classique et rituelle, les lendemains de grands excès.

À quatre heures, on sonna. En temps normal, il aurait appuyé sur la commande de son portier vidéo pour découvrir, sur le petit écran, quel olibrius le sollicitait mais il se trouvait près de la porte d'entrée en train de ranger des chiffons dans l'armoire à balais. Par réflexe, il ouvrit la porte et se trouva nez à nez avec un inconnu à la mine peu engageante. Il recula, l'autre avança, Curveillé voulut fermer sa porte, sentant que l'individu était hostile. Peine perdue : la main posée dans la poche de la veste fit voir subrepticement mais avec assez d'éloquence qu'elle tenait un automatique.

— C'est toi, Curveillé ?

— Oui, mais !...

— Ta gueule ! Tu rentres et, surtout, tu n'essayes pas de faire le malin.

Curveillé recula encore. Le type entra. Au même moment, un autre homme bondit dans les escaliers, s'introduisit aussi dans l'entrée et referma la porte d'un coup de pied, parfaitement synchronisé. Chacun sortit son arme en la dirigeant fermement vers la figure courroucée du Lyonnais.

— Personne d'autre, ici ? demanda le loquace.

— Non, mais !...

— Ta gueule. Pas de femme ? Pas de gosse ? C'est bien ce qu'on nous a dit. Allez, tu t'habilles, tu ne vas pas traverser la rue en caleçon.

— Où on va ? s'écria Curveillé toujours aussi outré.

— Je t'ai dit de fermer ta gueule ; si tu hurles encore, je te fous mon flingue en travers de la figure mais, pour te rassurer, on va faire un tour.

Chez Peter Cheney, Albert Simonin, Léo Malet, il fallait traduire par une balle dans la tête ou des bottes en béton. L'agressé frissonna, regarda autour de lui, se plia en deux car le canon du muet s'était enfoncé méchamment au creux de son plexus.

Celui qui avait parlé fit une visite rapide du duplex tandis que l'autre surveillait Curveillé qui mit son jean, une Lacoste et des tennis.

Ils sortirent.

Curveillé passa devant son entreprise. Sabah était au fond, en train de discuter avec le comptable. Ils ne le virent pas. Une bouffée de révolte le submergea. Il n'allait pas se laisser avoir ainsi. Il fallait créer un incident. Il tenta un mouvement. Le pétard de l'autre s'inscrusta dans son dos.

— Si tu bouges, t'as plus de colonne vertébrale.

Ils firent ainsi une centaine de mètres. Les gens allaient et venaient, présents mais inconscients du drame que vivait ce piéton anonyme aux yeux exorbités, serré de près par deux hommes à l'allure tendue et aux bustes figés.

Ils arrivèrent à côté d'une grosse Mercedes. La portière arrière fut ouverte de l'intérieur. Curveillé esquissa un appel muet vers une femme en uniforme qui regardait obstinément son carnet de contraventions. Une bourrade à peine visible le fit basculer sur la banquette. Par bravade, il dévisagea ses kidnappeurs tandis que l'un deux lui saisissait le bras. Il sentit une piqûre très douloureuse et vit la seringue mal placée. Il voulut lever son poing libre. On le frappa à la tête, à l'estomac. Il sombra.

18

Quelle idée a-t-il eu de se coucher sur le ballon ? Depuis belle lurette, c'est interdit. Anti-jeu : on empêche la balle de vivre. Trop dangereux. Celui qui accomplit ce geste s'expose à la fureur des avants adverses. Mêlée classique. Le ballon est perdu au talonnage. Les lignes arrière sont à la limite du hors-jeu. Le demi, au lieu d'ouvrir, tape à suivre par-dessus les trois-quarts. La balle, en retombant, a un mauvais rebond et fuse sur le gazon mouillé.

Mais qu'est-ce qu'il fout là, lui, Curveillé ! Il est troisième ligne centre, pas arrière ! Où est-il l'arrière ? Loin, complètement dans le vent.

Ils n'ont pas mis longtemps pour arriver. Ils lui marchent dessus, lui cognent la tête. Tu lâches la gonfle, oui ! on le retourne, coups de crampons, il n'a plus la balle, pourquoi ils insistent ? Oh, pas les couilles ! au rugby on en prend, parfois, plein la lampe, on se casse un membre, le nez, les clavicules ; on se tasse la colonne, on se fend les arcades, on se laboure le dos et les cuisses mais les bijoux, c'est sacré. Pas comme au foot, mais le foot est un sport de petits garçons. T'as qu'à voir comme ils se tortillent sur la pelouse pour le moindre coup de pied. Tu vois

Blanco appeler sa mère, chaque fois qu'il prend un pain, ou Champ rouler trois fois sur lui-même, parce qu'on n'a pas été gentil avec lui ?

Essaye, toi, de rouler trois fois sur une pelouse, ça relève plus de Médrano que d'un bon point en gymnastique. Putain, j'ai mal ! ils insistent ces cons ! Arrêtez, pas la tête.

Il se redresse.

Trop tard, Tonin, Patouille, Bébert, Etché, Pétrus, Biscotin, trop tard ! Pas la peine de vous marrer comme des bossus, j'en ai ma claque, ils m'ont eu, je vais vomir. Faites quelque chose, bon Dieu ! merde, c'est moi qui ai sauvé le coup ! vous voyez leur binette, des gueules de tueurs. Oh, les potes, ce n'est pas de la frime, ne riez pas comme si on se racontait la énième histoire de cul devant la énième tournée de Pernifle ! j'ai le crâne qui va éclater comme une pastèque trop mûre.

Trois fois, Curveillé a essayé de faire surface ; trois fois la douleur et la drogue l'ont renvoyé délirer.

Dans la partie de rugby qu'il livre, il vit plusieurs variantes : la mêlée s'écroule, il est dessous, il étouffe, il hurle. Les autres, ceux qui sont empilés sur lui, traînent, prennent un malin plaisir à se relever lentement, même ses coéquipiers. Une autre fois, un placage inouï le coupe en deux. Il n'en peut plus, ce rugby n'est plus du sport, c'est une punition.

Il est debout, enfin, appuyé contre un mur, se tenant la tête. Cyrano de Bergerac, dans la dernière scène, avec Roxane ; Cyrano blessé à mort par des cons, lunaire, pitoyable, ni Depardieu ni Belmondo, mais Sorano, en véritable spadassin troubadour.

Il se tâte le crâne. Combien de points de suture ? Sa mère va râler : tu finiras ta vie dans une petite chaise roulante ou sur un lit d'hôpital. Non, il ne saigne pas. Sa mère ? Elle ne lui reprochera plus rien, hélas. Le match de rugby ? Une affaire vieille de vingt-cinq ans, un enjeu trop lourd qui transforme la meilleure partie en combat de rue.

Il arrive à sortir de son brouillard, ouvre un œil, essaye de marcher. Heureusement que le mur est là pour le soutenir, drogué, battu. Ils n'ont pas perdu de temps. Où est la faute ? Comment l'ont-ils trouvé ? Facile, le téléphone, il a donné son numéro. Ils sont très forts et il n'est qu'un crétin. Par les PTT, ou par les flics, il aurait dû se douter qu'ils se procureraient son adresse. *Si vis pacem, para bellum*, si tu veux la paix, prépare la guerre, dit la vieille règle latine. « La meilleure défense, c'est l'attaque. » Sans perdre une minute, ils ont rappliqué. Quelle connerie de ne pas avoir prévenu Mardin. Il a essayé de le faire, sans grande conviction, content intérieurement de ne pas trouver l'autre. Il voulait se réserver une part de l'enquête, pousser ses petites investigations plus loin et ne pas lâcher le morceau aussi tôt.

Il vacille. Lever la tête pour inspecter les lieux lui coûte une guerre des étoiles dans le cervelet et un jaillissement de phosphènes devant les yeux. On l'a déposé au fond d'un trou dans un vaste bâtiment rectangulaire dont la haute charpente faite de grosses poutres à grande portée supporte un toit de tuiles où le jour passe par mille interstices. Ce trou ressemble à une piscine dont les parois hautes de plusieurs mètres sont revêtues d'un ciment très lisse et doux au toucher. Un recordman du saut en hauteur n'arriverait pas à s'agripper au rebord, même en s'aidant de la chaise dépaillée qui constitue l'unique objet de l'endroit, hormis quelques cageots en bois déroulé qui, d'après leur état, ne servent plus à transporter des fruits ou des légumes.

Curveillé n'a pas besoin de réfléchir beaucoup pour reconnaître le genre d'endroit où il est prisonnier, une citerne pour entreposer le vin. Il se souvient qu'autrefois, au Sud, dans les Côtes du Rhône, on conservait le pinard dans des cuves creusées dans le calcaire. Ensuite, on avait recouvert ce calcaire de carreaux en faïence, puis plus simplement d'un ciment bien poli avant d'en arriver aux contenants en plastique et en acier inoxydable. Il est donc dans une cave désaffectée, de la rive gauche du Rhône, les murs du bâtiment étant faits en pisé venant des terres argileuses du bas Dauphiné. Sur la rive droite, les constructions anciennes ou, du moins, celles qui ont plus de cent ans, ont été bâties avec du granit ou du basalte car, géologiquement, on se trouve déjà dans le Massif central. Ses déductions ne peuvent aller plus loin. L'ensemble sent le moisi et la poussière. Malgré le plein été, il fait très frais, trop frais pour un homme sonné. Il fait plusieurs fois le tour de son étrange prison et comprend qu'il ne dispose d'aucun moyen pour en sortir. Mieux qu'une cage dont on peut s'échapper en tordant les barreaux, mieux qu'une cellule dont on peut crocheter la serrure ou briser la fenêtre, cette fosse représente la prison parfaite. Les artisans qui ont plaqué le ciment étaient de grands ouvriers et n'ont laissé au temps aucune chance de créer dans les parois des fissures ou des défauts ménageant des appuis pour s'élever.

Le temps passe. Le Lyonnais essaye de ne pas perdre la notion des heures. Impossible, sans montre. Ils lui ont pris la sienne. En vase clos, l'arithmétique horaire n'est plus palpable. Les jours ? Lundi soir, il a manqué De Johnette et Herbie Hancock. Mardi, dans l'après-midi, on l'a drogué et assommé. Combien de temps est-il resté dans les vapes ? Il est revenu à lui à plusieurs reprises pour replonger aussi souvent. En haut, sous les tuiles, la clarté semble plus forte. Serait-ce le matin d'une autre nuit. Mercredi ? Hier soir, il aurait bien aimé assister aux prestations de Bob Berg et de Mike Stern, le saxophoniste et le guitariste étant des maîtres pour entraîner le public dans les laves du jazz-fusion. Mercredi, c'est le jour où il doit déjeuner avec Morizio, au Gourmandin. L'Italien n'appréciera pas cette situation. Ce n'est pas le genre de son ami d'oublier un rendez-vous ou, en cas d'impossibilité, de ne pas avertir. Il téléphonera, passera à son domicile, ne trouvera personne. Il interrogera Sabah, son associée qui ne pourra rien dire, ni imaginer quoi que ce soit. Morizio n'aura aucune piste.

Curveillé se sent rayé de la carte du monde. Il ne veut pas imaginer le pire et essaye de siffler *Bemsha Swing*, rien ne sort. Le sentiment d'une situation irréversible, d'un désastre définitif l'accable. Il voudrait retrouver les prières de son enfance, celles qu'il faisait à genoux, au pied de son lit. Il aimerait redevenir le petit garçon qui s'inventait des histoires et qui s'empressait d'y couper court dès que les péripéties devenaient trop cruelles. Il est la bête prise au piège, le renard qui ne règne plus sur la forêt, l'homme qui n'est plus maître de son destin. Il se pelotonne dans un coin de sa geôle, essaye de s'apitoyer sur son sort, s'endort.

La vague qui l'engloutit, le frappe comme un coup de massue. Il suffoque, s'ébroue. Un guignol, qui se croit intelligent, lui a balancé un seau d'eau du haut de la fosse. Ils sont trois, juste au bord, le bout de la chaussure à peine visible, trois en contre-plongée, un sourire identique et vicelard sur les lèvres.

Curveillé reconnaît les deux nervis qui l'ont enlevé, de part et d'autre d'un assez beau mec, les cheveux gris, l'air avantageux, qui correspond tout à fait à la description de Courtilière. Le silence est pesant, à peine occupé par le gazouillis lointain et constant des hirondelles chassant les insectes dans la chaleur du toit. Le type fait un signe à ses acolytes qui reculent dans les profondeurs sombres de l'entrepôt pour en revenir avec une échelle qu'ils font glisser le long des parois de la prison. Le Lyonnais s'avance en titubant, aussitôt arrêté par un geste péremptoire du chef.

Les gars descendent à tour de rôle. Ils avancent vers Curveillé et veulent le saisir par les bras. Ils sont trop sûrs d'eux et croient que leur prisonnier est suffisamment groggy. Grave erreur. Curveillé frappe comme il a appris, il y a longtemps, en Algérie, d'instinct ; son état de grande faiblesse, l'âge, le manque de pratique, l'absence de volonté délibérée de tuer font que les coups portés ne sont pas définitifs comme l'aurait voulu son sous-off instructeur mais l'enchaînement est parfait. La manchette au larynx ne déclenche pas d'asphyxie totale mais elle suffit à mettre à genoux le premier malfrat qui hoquette en cherchant le moindre filet d'air. Quant au deuxième, le coup de genou qui lui remonte les joyeuses au niveau des amygdales ne provoque pas d'arrêt cardiaque mais lui fait regretter d'être du sexe masculin. Curveillé a déjà le pied posé sur un barreau de l'échelle, lorsqu'en levant la tête, il rencontre le museau noir d'un automatique et, juste derrière, l'œil glacé de son propriétaire qui ne semble pas impressionné par la démonstration.

— La chaise, là, dit-il, vous allez vous asseoir dessus. Vous vous tenez tranquille. Je peux vous faire sauter la tête et cela ne me fera pas plus d'effet que de casser une noix.

Ce type est trop froid, trop maître de lui. Curveillé le sent capable de tout. Aucun doute, c'est lui l'assassin, le tueur que Mardin recherche. Curveillé obtempère.

Courtilière range son automatique, sous sa veste, d'un geste de minette de peep-show se pelotant le sein. Il est grand, costaud, les cheveux courts, la cinquantaine bien tassée, mais il fait partie de la catégorie des hommes que des soins corporels coûteux font paraître plus jeunes. Il porte un costume d'été gris bleu bien coupé, une cravate à motifs cachemire sur une chemise rose pastel. Il est déjà très bronzé. Son look n'est pas celui d'un entrepreneur de travaux publics. On ne l'imagine pas dans la poussière ou la boue. Il doit être de la deuxième génération. Le père a créé l'affaire. Lui, il gère.

— Ainsi, vous avez pu remonter jusqu'à moi, reprend-il. J'ai eu le temps de faire ma propre enquête. Vous n'êtes ni flic ni détective privé, un simple fouille-merde. Vous êtes très fort mais il va falloir m'expliquer comment vous avez procédé, quelles ont été vos sources, quel est votre fil conducteur.

— Je n'ai rien à dire, gueule Curveillé, vous et vos deux connards, vous pouvez aller vous faire foutre !

— Vous n'avez pas très bien compris la situation, monsieur Curveillé. Le ton du type est fielleux, à la limite du supportable. Si vous êtes en vie, c'est parce que je veux obtenir des renseignements. Si je n'en avais pas besoin, depuis quelques heures, exactement au moment où on vous a découvert, vous ne seriez plus en vie. Actuellement, vous pollueriez l'eau d'un puits de la région, lesté d'un bout de ferraille, ou vous seriez carbonisé dans votre propre voiture.

— Ou assassiné d'un coup de tournevis dans l'œil. Ou précipité dans les escaliers comme une malheureuse qui en savait trop.

— Exactement. Vous voyez que vous savez beaucoup de choses, des choses que seule la police doit connaître puisque officiellement la personne en question s'est rompu le corps et le cou en dévalant ses escaliers. Je découvre, aussi, grâce à vous, qu'un rapport a été établi entre ces deux éliminations. J'ai des amis dans la police lyonnaise. Malheureusement ce dossier est entre les mains de gens qui veillent dessus comme sur un document de la défense nationale. Vous, je ne sais par quel moyen, vous savez tout. Il faut que vous m'expliquiez.

— Je vous ai déjà dit d'aller vous faire foutre !

— J'ai l'impression que vous n'êtes pas très intelligent, monsieur Curveillé. Vous n'avez pas saisi ? Vous connaissez mon identité, vous savez ce dont je suis capable. Qu'est-ce que vous croyez ? Que je vais faire ma valise, prendre mes cliques et mes claques et m'enfuir ? Que je vais tout abandonner à cause d'un obscur petit minable ? Vous ne sortirez pas vivant d'ici à moins que vous ayez laissé derrière vous des traces, des indications permettant à d'autres de remonter, comme vous l'avez fait, jusqu'à moi. Dans ce cas, vous servirez de monnaie d'échange. Mais, je n'y crois pas. Tout indique que vous avez agi en solo et, pour vous, il n'y a qu'une alternative, une mort rapide ou la plus effroyable descente en enfer. Parlez, ou vous allez déguster, d'autant que mes deux amis que vous avez esquintés se feront une joie de vous servir quelques spécialités. Elles ont fait leurs preuves dans le passé.

Les deux amis sont loin d'avoir récupéré. Ils sont debout, appuyés au mur, blêmes, leurs yeux et leurs visages expriment une fureur de doberman.

Curveillé ne répond pas. Il se lève de la chaise, tourne le dos à Courtilière qui dégage à nouveau son flingue et l'arme avec ostentation. Le claquement de la culasse ne fait pas sursauter Curveillé qui, par bravade, ne mesure pas combien son attitude est suicidaire. L'automatique tonitrue comme un bazooka. La balle ricoche et enlève un lambeau de mur. Encore quelques coups comme celui-là, pense le prisonnier, et j'aurai mes points d'appui pour grimper.

— La prochaine, vous la prendrez dans le cul, dit la voix calme de l'autre, revenez vous asseoir.

Curveillé se rassoit. Les sbires lui sautent dessus, l'immobilisent en lui serrant le cou. L'un d'eux sort de sa poche un large rouleau d'adhésif. Ils s'en servent pour lier les mains du Lyonnais dans le dos du siège et pour attacher ses mollets aux pieds de la chaise. Dès qu'ils ont fini, quand ils ne risquent plus aucune réaction, les gifles et les coups pleuvent.

Courtilière regarde la scène, impassible. Du moins il le feint ; une lueur malsaine s'est allumée dans ses yeux. Cela l'aurait embêté que le Lyonnais se mette à table tout de suite.

Les deux lopes s'en donnent à cœur joie. Ils griffent, crachent, arrachent des poignées de cheveux, sautillent autour de leur victime, avec des mines de pédales suceuses. Ils n'ont rien des gros bras qui accompagnent les hommes importants, kilos de muscles avec pas grand-chose sous la casquette, qui cognent par instinct mais ne sont pas des artistes de la souffrance. Ils glapissent, tortillent du cul et, pour un peu, Curveillé, qui hurle sa douleur, se croirait l'acteur forcé de la saynète miteuse d'un cabaret berlinois.

— Monsieur Curveillé, ce n'est pas sérieux, entend-il, vous n'avez personne à protéger, nul ne vous reprochera d'avoir donné les informations dont j'ai besoin, vous n'êtes détenteur d'aucun secret d'État. Parlez ! toute cette douleur est inutile. Ceci n'est rien par rapport à ce que nous pouvons vous faire subir. Vous finirez par parler. Tout le monde finit par parler.

— Enculé, je vous emmerde, éructe Curveillé qui croit entendre les affirmations d'un vieux film sur la Résistance. Le maître a le signe imperceptible qu'attendait un des valets qui sort d'un air gourmand une trousse en cuir de sa poche poitrine. Il la pose sur le béton après avoir, précautionneusement, soufflé la poussière. Il déploie les trois volets de la trousse où sont alignés des outils miniatures en acier inoxydable qui ressemblent à des instruments de dentiste ou de chirurgien. Il regarde Curveillé d'un air faussement interrogateur et ce dernier se sent comme un quartier de bidoche que le boucher ne sait par quel bout entamer. Il tourne autour de lui, saisit sa main, derrière.

Curveillé vocifère comme un damné, la souffrance est inouïe, son cœur a des ratés. Il hoquette lorsque, au bout de sa pince, le salaud lui présente l'ongle sanguinolent qu'il vient de lui arracher. Il braille encore au deuxième ongle, c'est pire, il ne peut plus, il s'évanouit.

Quand il revient à lui, ils sont toujours là.

— Alors ? dit Courtilière qui est descendu dans la fosse.

— Sale pute, a encore la force de balancer Curveillé.

Le poing ganté lui arrive en pleine figure, lui fait éclater les lèvres, le deuxième poing lui casse le nez. Le sang l'envahit, l'étouffe mais les autres veillent, pas question qu'il crève.

— Vous avez eu droit aux préliminaires. Demain ce sera pire.

Ils le détachent. Il tombe au sol presque inconscient, pas suffisamment pour hurler encore sous la brûlure de la cigarette que l'un d'eux écrase sur son avant-bras.

19

Morizio n'est pas heureux. Il a mangé seul au Gourmandin. Ce qui devait être un moment agréable, à deviser avec un ami autour d'une excellente table, s'est transformé en inquiétude vague. Lui qui n'a jamais d'état d'âme et dont la vie s'est chargée de poncer les sentiments, lui qui a connu les pires souffrances physiques et morales et en a gardé une insensibilité presque inhumaine, il ne peut s'empêcher d'être envahi par une sensation pénible. L'homme de confiance de Saryan, l'ancien héros des Brigades internationales, le tueur froid n'est pourvu que de deux faiblesses connues : son attachement fanatique à son patron et son amitié pour Curveillé.

L'Italien n'a jamais cherché à comprendre le pourquoi de ses sentiments envers le Lyonnais : un besoin d'ajouter un personnage de plus à la famille restreinte de l'Arménien ? Le désir inconscient de se créer le fils qu'il n'a pas eu ? Le ramollissement dû à l'âge ou plus simplement le fait que Curveillé, sous l'aspect anodin de M. Tout-le-monde, est un être épatant ? Toujours est-il que Morizio se fait du souci ; il est perturbé à un point tel que, lorsqu'il récupère sa voiture, une Alfa Romeo rutilante garée entre deux casseroles japonaises, il manque, en déboîtant, de se faire emboutir par une jeune femme énervée et imaginative qui le traite de vieux con.

Il traverse Lyon d'est en ouest, rejoint la presqu'île par le pont Wilson et a la chance de trouver un stationnement place des Cordeliers. La rue Mercière est encore animée de convives qui discutent aux terrasses des restaurants en fumant la cigarette digestive devant leur expresso. Morizio est habillé, comme à son habitude, d'un costume noir, d'une cravate sombre sur une chemise blanche. De sa Sicile natale, il a toutes les caractéristiques humaines, pas très grand, mince, le teint brun olivâtre, le visage buriné. Malgré l'âge et les vicissitudes d'une existence aventureuse, aucun fil d'argent ne traverse sa chevelure corbeau ; ses dents sont d'une blancheur immaculée mais il les montre rarement car il ne rit jamais et, seuls, Curveillé et la famille Saryan ont pu observer un semblant de sourire qui s'apparente plus au rictus d'un varan.

Lorsqu'elle le voit franchir le seuil de l'entreprise de dépannage, Sabah ne peut réprimer un frisson. L'associée de Curveillé sait que cet homme est un ami, qu'au contraire de lui vouloir du mal, il se mettra en quatre pour lui rendre service et, pourtant, tout en elle se révulse car, derrière le flegme glacial de l'Italien, elle devine la violence d'un grand fauve et la menace latente et dominée d'un serpent.

Après les échanges rapides de formules de politesse, il entre dans le vif de son inquiétude.

— J'avais rendez-vous avec Pierre aujourd'hui, nous devions déjeuner ensemble, il n'est pas venu.

— Qu'est-ce qu'il a pu faire ? Ce n'est pas son genre de louper un rendez-vous, encore moins de ne pas prévenir en cas d'empêchement ! Il n'a laissé aucun message, ni sur mon bureau ni sur le répondeur. Nous l'aurions trouvé ce matin. Mais, attendez, je vais appeler chez lui.

Ils gardent le silence pendant que le téléphone sonne longuement. Rien.

— Il vous a dit ce qu'il pensait faire, hier et aujourd'hui ? reprend Morizio.

— Non, cela fait deux ou trois jours que je ne l'ai pas vu.

— Ah ! c'est normal ?

— Oui et non. Il est en vacances, le Festival de jazz l'occupe beaucoup. Il va et vient, en profite pour prendre du bon temps. Souvent, il rentre au petit matin, se lève tard et repart dans l'après-midi. Il passe, parfois, dire un petit bonjour et, l'air de rien, met son nez dans les affaires du jour. Il me fait confiance et me laisse diriger la boutique mais j'ai l'impression qu'il a peur que je ne domine pas toutes les situations ou que je puisse penser qu'il m'abandonne dans les situations les plus délicates, alors que, justement, j'aime me coltiner avec les difficultés.

— C'est son côté anxieux et très professionnel.

— Et c'est ce qui m'inquiète car, jamais, il ne vous ferait faux bond.

— Vous croyez vraiment ?

— C'est certain ! Il tient à vos rencontres. Impossible de lui proposer une affaire ou un rendez-vous, s'il doit rencontrer Mario. Le reste n'a plus d'importance et ce qui était vital, urgent, impératif, désormais peut attendre. Maintenant, en réfléchissant bien, je pense qu'il devait être là, hier matin, car j'ai vu s'allumer sa ligne directe sur mon poste téléphonique, ici. Je me suis même fait la réflexion que, depuis la perte de sa mère, il ne se servait presque plus de son téléphone personnel. Ce sont des considérations de femme, dit Sabah, en rougissant, confuse et consciente de jouer les concierges.

— Je vais monter, dit Morizio, j'espère qu'il ne m'en voudra pas de m'introduire chez lui.

On pouvait accéder à l'appartement par un escalier intérieur qui partait de l'arrière du bureau mais il n'osa pas demander la clef à la jolie maghrébine. Cela aurait eu l'air de sous-entendre des relations plus intimes entre les deux associés. Morizio n'avait rien d'un vertueux mais c'était un gentleman. Ce fut elle qui lui dit à mi-voix pour que les collaborateurs qui papillonnaient autour d'elle n'entendent pas :

— Vous faites le code Rhône-Isère et vous rentrez directement par la porte, en haut des escaliers.

Il monta par ce qui avait dû être le chef-d'œuvre d'un Compagnon du Devoir et pianota 69-38 sur le boîtier qui commandait l'ouverture. Le duplex sentait l'encaustique et d'autres produits d'entretien. Il y régnait un ordre méticuleux. Pas un gramme de poussière, pas un meuble déplacé, pas de tableau penché, chaque objet paraissait bien à sa place mais, dans cette décoration d'intérieur cossu, de nombreux signes confirmèrent les craintes de l'Italien. L'ampli et le lecteur laser étaient allumés, un disque occupait le tiroir du lecteur et son boîtier ouvert attendait sur une table basse. Jamais un mélomane, doublé d'un collectionneur comme Curveillé, ne serait parti en laissant éclairée la stéréo et en oubliant de ranger avec précaution un enregistrement qui, pour le moment, avait toutes ses faveurs. La machine à laver, dans la buanderie attenante à la loggia, avait accompli tous ses programmes mais le voyant lumineux indiquait qu'elle se trouvait encore sous tension, du linge humide stagnait au fond du tambour. Manifestement, Curveillé avait entrepris une grande lessive, une partie du linge pendait à un étendage. Il avait tout interrompu pour raison inconnue. Pire, dans une chambre, celle où il dormait, sur la commode, en évidence, les clefs de la 505, les papiers de la voiture, le carnet de chèques, l'étui en cuir pour les cartes de crédit, indiquaient que le propriétaire était sorti, à pied, totalement démuni. Si le Sicilien avait eu des scrupules a priori pour s'introduire chez son ami sans autorisation, ces constatations les anéantirent. Il fouilla les meubles et inspecta les moindres recoins. Il examina les armoires, les penderies, les placards. Tout paraissait en place et il était impossible de déterminer même comment Curveillé était habillé, une chemisette, un pantalon léger, des espadrilles suffisant pour la saison.

Il ouvrit le scriban où Curveillé conservait ses documents personnels et quelques souvenirs. Il tomba en arrêt sur la photo d'une belle femme brune, en bain de soleil, qui souriait sur fond de cactus et de plantes exotiques. Il crut, d'abord, que c'était Lola mais il lut, au dos : « Denise, 1951, Menton ». Une autre photo tenait à la précédente par un trombone ; elle représentait un sous-officier de cavalerie en képi bleu ciel qui souriait comme si la vie lui appartenait à jamais. La mère et le père, au temps de leur splendeur.

Morizio ne chercha pas plus loin. À quoi bon ? Manifestement, rien n'avait été touché, rien n'avait disparu, sauf le propriétaire. Il s'assit dans le Voltaire, près du voilage d'une fenêtre, là où il savait que Curveillé passait de longues heures à lire. Il resta, immobile, dans un silence à peine troublé par les échos de la rue qui parvenaient difficilement à percer le double vitrage. Il faisait frais. Le cartel accroché au mur de l'entrée ponctuait les quarts d'heure d'un timbre acidulé. L'Italien, rivé à son fauteuil, les yeux profondément enfoncés dans leurs orbites, se concentrait, écoutait les vibrations, cherchait à déterminer la faille. À deux reprises, l'horloge s'exprima par une série de sonneries plus alertes pour marquer l'heure. À la deuxième, il se leva, décrocha le téléphone et fit le numéro personnel de Saryan. Le vieux forban se promenait avec sa petite-fille dans les allées de la propriété de Charbonnières. Muni d'un sécateur, il coupait des fleurs fanées des parterres, tout en s'adonnant, avec délectation, à l'art d'être grand-père.

On ne dérangeait jamais M. Saryan dans ces moments-là, les ordres étaient très stricts et même la famille, s'il n'y avait pas urgence, préférait rappeler plus tard. Mais, si M. Morizio demandait qu'on lui passe M. Saryan, c'était autre chose et le maître d'hôtel s'empressa de traverser la terrasse et de descendre l'escalier qui accédait au jardin botanique pour présenter, sur un plateau, le téléphone portable.

— Monsieur ?

— Oui Mario.

— Je vous prie de m'excuser. Je suis chez Pierre. Il a disparu.

— C'est grave ?

— Je crois.

— Que faut-il faire ?

— Il faut essayer de joindre le policier qui l'a mis dans le pétrin et savoir où il est.

— Vous vous souvenez du nom de ce commissaire ?

— Mardin, je crois.

— Oui, c'est bien le nom que Pierre nous a donné lorsqu'il est venu ici, la dernière fois. Vous voulez le rencontrer ?

— Je n'en ai pas tellement envie et je crois que sur le plan tactique, ce ne serait pas bon. Il sait qui je suis, il connaît mon passé, traiter avec moi d'égal à égal va lui sembler déchoir tandis que vous, vous pourriez organiser une rencontre et savoir ce qu'il en est.

— D'accord. Vous viendrez avec moi ?

— Je conduirai la voiture, bien entendu. Je resterai en retrait et on verra bien quelle sera son attitude. Pierre l'a en grande estime.

— Il faut vraiment qu'ils aient des atomes crochus pour que Pierre ait accepté de rentrer dans son plan. Bon, je m'en occupe, on se voit quand ?

— Ce soir, si vous voulez bien, au moment du repas. D'après ce que j'ai compris lorsque Pierre en a parlé, le commissaire était en vacances dans le Midi. Cela va prendre du temps pour le contacter, et pour qu'il revienne.

— Vous croyez qu'il va revenir, cet olibrius ? Il va, peut-être, se contenter de jubiler dans son coin et de se frotter les mains en laissant la partie qu'il a lancée se jouer sans lui pour, ensuite, compter les points et ramasser les restes. Dites-moi, Mario, vous vous faites vraiment du mouron ?

— Oui, monsieur, car Pierre a le don de se lancer à découvert. Les autres fois, j'ai pu lui servir de couverture parce que je le suivais pas à pas. Aujourd'hui, je ne sais rien, je n'ai aucun élément. Il a disparu sans rien emporter, cela voudrait dire qu'on l'a embarqué contre son gré.

— Mais pourquoi Mario ? J'avais cru comprendre qu'il devait se contenter de discuter avec quelques anciens copains, du lycée qui plus est, des gens qu'il a connus plus de trente ans en arrière.

— Justement, il a dû mettre son doigt sur quelque chose d'important qui a échappé aux enquêteurs. Reste à savoir si on l'a enlevé pour l'éliminer ou simplement pour le questionner. J'ai peur qu'on ne lui fasse pas de cadeau car les gens auxquels il doit avoir affaire ont beaucoup à cacher, ils ne relèvent pas du banditisme classique.

— Mario, on va remuer ciel et terre. On le retrouvera.

— Il faut faire vite.

— Je vais appeler la préfecture de police, secouer ce commissaire et on en reparle.

20

Ils sont revenus. Courtilière du haut de la fosse a posé les mêmes questions. Curveillé a répondu de la même façon. Les deux bourreaux sont descendus. Le supplice a repris. Ils lui ont incisé les oreilles, arraché une dent et deux autres ongles. Ils ont promené sur son thorax, déjà à vif, le bout incandescent de leurs cigarettes au point de le faire vomir de l'odeur écœurante de sa propre chair grillée. Ils lui ont craché, pissé dessus. Ils l'ont flagellé à grands coups de ceinture et s'ils ne lui ont pas mis de couronne d'épines, c'est parce qu'ils n'étaient pas branchés. Quand ils s'en sont pris à son sexe, il a atteint le paroxysme de l'horreur.

— Dites donc, s'est esclaffé le salaud qui lui baissait le slip et le pantalon, ce n'est pas un bout-coupé lui, il a sa petite calotte.

Du fond du puits de douleur incommensurable qui l'entraînait vers la folie, malgré tout son être réfugié dans une plainte bestiale, un déclic se fit et rencontra une parcelle de cet esprit critique qui, au seuil de la mort, au moment de la dernière étincelle de vie, fait de nous, encore, des hommes. Il eut la pensée fulgurante que ce n'était pas la réflexion d'un terroriste gauchiste de bas étage, ni d'un fou du grand soir couleur mandarine, mais le langage hérité de *Mein Kampf*, le verbe de la milice pétainiste, le propos quotidien et obscène des collabos à la solde de Klaus Barbie. Courtilière incarnait bien le chef tortionnaire laissant se débrider les instincts les plus ignobles de ses valets. Avec leurs cheveux courts, leur teint fadasse, leur obéissance servile, ils auraient pu sortir d'un centre de formation de la Waffen SS. Vu leur âge, c'était impossible, mais ils venaient, peut-être, en descendance directe, d'une de ces génisses humaines triées sur le volet pour leur peau blanche, leurs nichons marmoréens et leurs tresses blondes qui se faisaient monter dans les *Lebensborn* par les meilleurs officiers du Reich afin de procréer la quintessence de la race aryenne.

Pour donner raison au supplicié, par une sorte de transmission de pensée inconvenante mais réelle qui existe entre le tourmenteur et le torturé, l'autre se crut-il obligé de cracher l'insulte qui, en allemand, s'adressait à tout homme que l'on voulait avilir et ravaler au rang de l'animal, *Untermensch !* sous-homme ! le mot trivial, abject, appliqué aux juifs, aux tziganes, aux homosexuels, aux noirs, aux slaves, à tous ceux que les nazis voulaient traiter d'inférieurs. *Untermensch*, le vocable proscrit, la parole qu'aucun être humain n'oserait plus jeter à la face d'un autre homme et qu'on croyait tabou à jamais.

Curveillé, nu, sur sa chaise, Curveillé qui se comportait en héros, pour rien, Curveillé ne parla pas. Il n'était ni Juif ni résistant, il ne conservait aucun secret, ni ne protégeait une quelconque organisation. Simplement, il se faisait une certaine idée de lui-même et, sans doute, agissait-il ainsi parce qu'il croyait le devoir à son père incarcéré, jadis, à Châteaubriant où les Allemands avaient fusillé, au hasard, une cinquantaine de ses copains dont le seul défaut était d'être des syndicalistes ou d'appartenir au parti communiste. Il se redressa, hideux, sanglant, tirant sur ses liens, les muscles noués, figure de cauchemar grotesque, modèle transfiguré d'un Goya éternel, et il chanta.

Il ne savait pas pourquoi il chantait, ni ce qu'il chantait mais c'était sa façon, à lui, de répondre à la barbarie. Ce n'était pas un hasard, non plus, s'il vociférait *Le Temps des cerises.*

J'aimerai toujours le temps des cerises
C'est de ce temps que je garde au cœur
Une plaie ouverte
Et dame Fortune... offerte
Ne... ma douleur.

Les connards médusés, l'œil rond, la bouche ouverte n'en croyaient pas leurs oreilles et leurs yeux. Il aurait pu brailler *La Marseillaise, Le Chant des partisans, Sambre et Meuse, Le Boudin*, voire *L'Internationale*, bien que, de nos jours, elle soit bien dévaluée, mais *Le Temps des cerises*, merde ! Ils ne comprenaient pas, ils n'étaient pas branchés. Interloqués, ils laissèrent passer un autre couplet que leur victime ânonna par petits bouts entre ses lèvres tuméfiées puis ils se rendirent compte que la situation leur échappait et que ce type, à sa manière, était plus fort qu'eux. Alors, d'un coup de poing à l'estomac, ils le firent taire et le réexpédièrent dans le néant.

21

La rencontre entre Aram Saryan et Jean-Edgar Mardin eut lieu à l'île Barbe, tôt le matin.

L'île est un bouquet de verdure, sur la Saône, au nord de Lyon, à la limite du neuvième arrondissement. On y accède par un pont qui va d'une berge à l'autre de la rivière et prend appui sur l'îlot dans la partie sud. Des allées bordées de grands arbres sont propices à la promenade et aux rendez-vous d'amoureux. L'accès en est facile et, en même temps, aisé à contrôler. C'est le lieu idéal pour des gens qui veulent une entrevue tout en protégeant leurs arrières. En l'occurrence, aucun des deux protagonistes n'avait de velléités agressives à l'égard de l'autre mais le vieil Arménien devait toujours prendre des précautions et ne sortait jamais sans la protection rapprochée de Morizio, en des lieux que ce dernier considérait conformes.

La Rolls conduite par l'Italien arriva par les quais de la rive droite de la Saône et la place Henri-Barbusse. Le commissaire, par la rive gauche et le quai Clemenceau, prit le pont avec une minute de différence, dans une Renault banalisée de la police. Ils se garèrent côte à côte, se saluèrent d'une façon presque cérémonieuse et le flic aurait volontairement négligé le chauffeur mais, sachant qu'il était aussi l'ami de Curveillé, il fit le gros effort de serrer la main de l'ancien malfaiteur. Le magnat lyonnais et le superflic marchèrent côte à côte, un long moment, sans rien dire, jusqu'à ce que le sentier qu'ils avaient emprunté finisse, au bord de la rivière, en un petit périmètre aménagé par les pêcheurs. Ils négligèrent le banc fraîchement repeint en vert sombre et s'arrêtèrent là, en continuant à regarder droit devant eux. L'eau, à cet endroit, coulait paresseusement et une barque vermoulue terminait son existence en s'enfonçant à moitié dans la vase, au milieu des plantes aquatiques qui devaient servir de vivier aux gardons et brochets.

Rien ne pouvait être plus différent que ces deux hommes. Tout les opposait, sans parler de la fortune. Saryan avait débarqué à Marseille avant la Deuxième Guerre mondiale, après le génocide arménien et les massacres de Smyrne, sur un bateau grec, avec, pour toute richesse, l'adresse d'un parent arrivé avant lui. Il avait grandi dans les docks, vécu de combines et d'expédients illicites, trafiquant de tout et surtout des armes, pour devenir, avec le temps, celui par lequel l'État français devait obligatoirement passer pour camoufler ses contrats secrets et juteux avec des pays dont les lois peu démocratiques s'accommodaient mal avec celles de la France. Mais, au nom d'un certain réalisme économique, il fallait bien occuper tous les marchés. Mardin, lui, était un pur produit de la société française profonde et de l'école de la République. Fils de petits paysans, dès son plus jeune âge, il avait aidé à la ferme. Boursier, bon élève, il aurait comblé ses parents en devenant l'instituteur sérieux et respecté, puis le directeur d'une école de campagne. Il avait fait mieux, travaillant dur, passant les concours, sans concession, sans compromission, fuyant les sales combines et les besognes honteuses. Il était le personnage en vue et respecté de son village natal où, à la retraite, il finirait maire. Lors des repas familiaux, il avait la place de choix entre sa sœur, receveuse des postes, et son cousin germain qui n'était que gendarme, brigadier-chef, il est vrai.

L'aspect des deux promeneurs les dissociait, aussi, fondamentalement. Le vieil homme en chapeau et costume sombre, canne à la main, dans ce décor impressionniste, semblait sortir d'une des premières photos en couleur des frères Lumière. Le flic, en pantalon beige léger, chaussures d'été, blouson en cuir marron sur une chemise à petits carreaux, faisait beaucoup trop décontracté pour qu'on puisse l'assimiler à l'autre dont la maigreur squelettique jurait avec ses rondeurs de bon vivant.

— Vous n'avez rien sur vous ? demanda Saryan après ce long silence qui n'était pas gratuit mais correspondait pour les deux hommes à une approche sensorielle. Avant de se parler, d'échanger des mots, il fallait se respirer, se jauger, s'établir dans l'espace et le temps, se situer en tant que dominant, comme les grands fauves.

— Rien, répondit le commissaire, rien à part mon arme de service.

— Pas d'enregistreur, pas de transmetteur ?

— Je vous signale que je suis ici à votre demande. Si l'ordre n'était pas venu de la préfecture de police, je me serais dispensé de cette flânerie matinale et je vous aurais reçu dans mon bureau comme n'importe lequel de mes clients.

— Ne vous fâchez pas et soyez plus aimable. Si je

suis arrivé à l'âge que j'ai, sans aller en prison ni me faire assassiner, c'est que j'ai toujours su prendre des précautions.

— O.K. Je sais que vous n'êtes pas n'importe qui mais, si vous avez entendu parler de moi, vous savez aussi qu'on ne me la fait pas, que les combines ne sont pas mon truc. Je ne suis pas fou, non plus, je connais votre pouvoir, je sais que vous êtes un des rares à ne pas être fiché aux Renseignements généraux. J'ai découvert que votre dossier avait disparu. J'ai appris qu'il valait mieux s'attaquer à un ministre qu'à vous, que vous êtes plus dangereux qu'un crotale dans un sac de couchage et que, de Néron à Kennedy, si tous les assassinés de l'histoire avaient eu comme garde du corps la figure de carême qui nous suit, ils auraient fini gâteux, dans leur lit.

— Je comprends, maintenant, pourquoi Pierre vous estime autant. Même gouaille, même franchise, même volonté de garder votre indépendance, même sens de la morale.

— Trêve de conversation stérile : venons-en au fait.

— C'est à vous de me dire ce qui se passe, s'exclama Saryan, en montrant une pointe d'irritation. Pierre a disparu et vous y êtes pour quelque chose. C'est vous qui l'avez embarqué dans un coup foireux.

— Pas du tout, je lui ai demandé un service.

— Un service ! mettre son nez dans une affaire de terrorisme !

— Si vous le voyez sous cet aspect, d'accord, mais ce n'est pas ce que je lui ai demandé. Ce que je voulais, ce n'était pas une enquête, ni qu'il fasse mon boulot. Il fallait, simplement, durant le Festival, qu'il branche les gens qu'il connaissait sur l'affaire, qu'il en discute et écoute les réflexions. Cela ne devait pas aller plus loin.

— Et le connaissant, croyez-vous qu'il se serait contenté de vous informer sans chercher à creuser, s'il avait trouvé un fait nouveau ?

— C'était notre accord. Il n'est pas flic. Il n'avait aucune mission, même pas officieuse. Pour moi, c'était très clair.

— Alors, que s'est-il passé ?

— Je l'ignore.

— Me permettez-vous de demander à Mario de participer à notre conversation ?

— Si cela peut servir à quelque chose, je ne vois aucune raison pour que votre sbire ne se mêle pas à nos réflexions.

— Mario est mon ami, reprit Saryan d'une voix coupante. Pierre l'a aussi en très haute estime. J'ai le sentiment que, dans la police, vous ne savez toujours pas dominer vos *a priori*, ni pratiquer la nuance.

— C'est vrai, je n'aurais pas pu être un acteur de composition, ce cadre, ce rendez-vous...

— Cette conversation d'égal à égal. Votre bureau, votre fauteuil, le suspect en face ou toute autre personne en position d'infériorité.

— Vous avez raison. Croyez que je me sens responsable et très malheureux.

— Je sais que Pierre est votre ami, je ne vous en veux pas. Il faut unir nos forces, le retrouver vite, si ce n'est pas trop tard.

La dernière phrase de Saryan tomba comme une brique dans la boue. Ils furent tous éclaboussés. Mario les avait rejoints et le moindre promeneur aurait été surpris par ces trois silhouettes figées sur fond de Saône, deux croques-morts encadrant un angelot, deux cormorans faisant la cour à une sarcelle.

— Comment Pierre a-t-il pu, en si peu de temps, tomber sur quelque chose d'important qui vous ait échappé ? demanda Morizio.

— J'en suis réduit à toutes les suppositions car je ne pouvais imaginer qu'il allait mettre le pied sur une mine. Il n'avait aucune piste, aucun fil conducteur. Il devait vivre son Festival comme d'habitude en discutant avec les copains sur l'environnement de l'Organisation révolutionnaire lyonnaise et il devait me dire qui, parmi ses relations, avait noté un fait anormal qui nous aurait échappé lors de l'enquête.

— J'ai moi-même la certitude, dit Morizio, qu'il ne possédait rien de tangible, la dernière fois que nous nous sommes rencontrés. Il était serein, pas du tout préoccupé. Au contraire, quand il nous en a parlé et que nous lui avons dit d'être prudent, il a ri ; pour lui, ce n'était qu'un jeu.

— Un peu de piment au milieu du Festival, ajouta Saryan, j'ai quand même l'impression que, s'il a trouvé si vite, c'est que vous, la police, n'êtes pas allé très loin lors des arrestations des terroristes et que vous avez conclu précipitamment avec le procès.

— Cela nous arrive souvent et dans bien d'autres cas, ne put s'empêcher de balancer le commissaire en regardant d'un œil perçant ses compagnons. On s'aperçoit, avec le temps, que les plus dangereux ne sont pas en prison. Mais, vous avez tout à fait raison, hélas. C'est ce que j'ai, moi-même, expliqué à Pierre. Je suis convaincu que l'affaire fut bâclée car, si notre ami a été capable de tomber sur d'autres tueurs ou d'autres gens mêlés de très près à l'Organisation, nous aurions dû, à l'époque, en faire autant.

— À votre avis, est-il encore vivant ? demanda Morizio.

— Je le pense. Croyez que cela me rend malade. Je suis très malheureux, je me sens minable. Pierre n'est pas un type ordinaire, mais un ami. Ce n'est pas un de ces indics dont on se sert dans les grandes parties de gendarmes et voleurs, pour lesquels on n'a pas grande estime car ce sont toujours des petits maquereaux, des receleurs de pacotille, des truands à la mie de pain. Pierre ne jouait pas ce rôle-là. C'est le copain d'enfance, le gars prêt à rendre tous les services. Jamais, une seconde, je n'ai songé à l'exposer, à lui faire prendre un risque. Il devait se mettre au diapason de Vienne. Quelle connerie j'ai faite !

Mardin n'avait plus son aspect de superflic. Il avait abandonné son air courroucé de représentant de l'ordre qui se commet avec des crapules et son côté hautain de commissaire qui doit jouer au petit enquêteur dans un jardin botanique. Il souffrait.

— Oui, je crois qu'il est en vie, reprit-il, il faut qu'il le soit, pour lui et pour moi, car jamais je ne me le pardonnerai. Les fripouilles qui l'ont kidnappé sont certainement des pros. Ils vont attendre plusieurs jours avant de l'éliminer ou de le relâcher.

— Pourquoi le relâcher ? s'exclama Saryan. Ils savent qu'il pourra les identifier. Mieux vaut le faire disparaître, non ?

— Oui et non. Il leur faut attendre plusieurs jours pour être certains que nous n'avons pas d'autres pistes pour remonter jusqu'à eux. S'ils se rendent compte que nous les avons repérés ils se serviront de Pierre comme monnaie d'échange, poseront leurs conditions et disparaîtront à l'étranger. Nous avons des exemples de ce type de scénario. Dans le cas contraire, s'ils comprennent que Pierre les a trouvés, seul, qu'il nous est impossible de les situer, ils l'exécuteront sans hésitation.

— Il est donc encore en vie ? interrogea à nouveau Saryan.

— J'en suis presque sûr, répondit Mardin, mais en même temps, j'ai tellement peur ! Je vais refaire son parcours du festivalier. Je vais essayer de discuter avec les gens et tenter de retrouver ceux avec qui il a échangé quelques propos. À vous deux, je ne demande pas ce que vous avez en tête, ni ce que vous allez entreprendre, j'aime autant ne pas le savoir. Par contre, si vous remuez ciel et terre, quels que soient les moyens que vous emploierez, si vous retrouvez Curveillé, je vous bénirai, quitte à me faire virer.

Ils se séparèrent. Ils n'avaient pas avancé d'un iota, ni organisé quoi que ce soit ensemble. Ils s'étaient sentis solidaires, bien peu de chose pour se consoler, pensait Mario au volant de la Rolls qui remontait vers Charbonnières.

— Que faut-il faire, Mario ? demanda Saryan.

— Je ne sais pas, monsieur. J'ai envie de pister le commissaire, m'attacher à ses basques et dès qu'il aura trouvé un indice tangible, une piste sérieuse, le dépasser, agir très vite car j'ai peur qu'il soit obligé de composer avec son administration et d'observer la loi, les règles. D'un autre côté, je crains de perdre mon temps, de laisser passer un fait anodin qui me mènerait aux ravisseurs tout de suite. J'irai m'installer chez Pierre, cette nuit.

— Vous faites comme vous l'entendez. Malgré ce que nous a dit le commissaire, ne laissez aucune trace et surtout ne faites pas de cadeau.

— On se comprend, monsieur.

— Si vous avez besoin de moyens, d'hommes, tout est ouvert.

— Je sais, monsieur. Je préfère agir seul, mais suivant ce que je trouverai en face, je ferai éventuellement appel à Ramon et à Vincente.

— Bien longtemps que vous ne m'avez pas parlé de ceux-là !

— Ramon tient toujours son bar à Toulon. Il s'est mis de nouveau en ménage avec une petite jeune. Vincente s'est décidé à céder son garage à ses fils. Toute sa vie, il a râlé contre le froid qu'il fait en France et la cuisine au beurre. Il voulait se retirer dans son village, en Sicile. Il ne quittera pas Belfort. Les petits-enfants...

Comme toujours lorsqu'ils étaient seuls, ensemble, les souvenirs remontaient, les uns en suscitant d'autres. Sans se le dire, ils aimaient ces instants de complicité qui les remettaient presque d'égal à égal, comme autrefois. La Rolls s'arrêta en dehors du grand escalier monumental qui conduisait à la maison. Le vieil homme pouvait entrer par une porte dérobée qui ménageait ses jambes mais aussi son goût du secret. Il eut un geste inhabituel quand Morizio lui ouvrit la portière. En descendant, il s'arrêta, saisit le bras de son vieux complice et dit :

— Mario, retrouvez-le. S'il disparaissait, ce serait un drame pour nous deux, mais, inutile de se le cacher, encore plus pour ma fille. Frappez fort, ne ménagez personne. Les deux regards charbonneux se croisèrent. C'était ainsi, depuis toujours, qu'ils se comprenaient le mieux. Saryan donna une légère tape sur l'épaule du Sicilien et s'en alla.

Morizio gara la Rolls et donna ses instructions au responsable de la sécurité en l'informant qu'il s'absentait quelque temps. Il se rendit à son appartement situé au rez-de-chaussée, dans une aile de la demeure seigneuriale de Saryan. L'ensemble était meublé avec raffinement et sans ostentation. Des livres d'art débordaient des bibliothèques ; des tableaux, dont la signature aurait donné le vertige à quelques collectionneurs, étaient mis en valeur sur les murs par des appliques en cuivre qui distribuaient une lumière propice à l'ambiance générale, feutrée et secrète. Sur un grand lutrin en noyer massif, un épais catalogue du musée des Offices de Florence était ouvert sur une délicate reproduction d'un portrait féminin du Titien. Un visiteur averti aurait pu s'interroger sur les raisons qui poussaient Morizio à s'intéresser à un tel chef-d'œuvre. N'était-ce pas le prochain tableau dont il comptait s'emparer ? A priori, cela n'entrait pas dans sa philosophie de s'approprier des tableaux appartenant à des musées. Certes, il n'avait pas versé un seul centime pour les trésors fabuleux qui l'entouraient mais, chaque fois, le prélèvement avait été fait au détriment d'un spéculateur pour qui l'art n'était qu'une façon, comme une autre, de placer ses sous et qui aurait aussi bien investi dans des étiquettes de boîtes de camembert si cela avait pu rapporter autant. Morizio, au demeurant, ne revendait rien, se contentant d'évoluer au milieu d'objets et de tableaux que tous les musées du monde se seraient arrachés. Il aimait s'entourer de belles choses et c'était bien. Lui, au moins, appréciait. Il traversa son logement dans toute sa longueur et prit au passage, dans une commode, deux paires de gants très fins, en peau, emballés sous cellophane. Il mit une paire dans la poche de son pantalon et enfila l'autre. Une grande glace biseautée, au fond de la pièce, multipliait la perspective de l'ensemble. Il appuya à plusieurs reprises suivant un code, sur les quatre gros cabochons qui la maintenaient. Elle s'ouvrit comme une porte de placard et il pénétra dans un réduit, sans autre ouverture, totalement blindé. Pas de décoration inutile, des murs blancs, une grande table et deux chaises rustiques, des étagères couvertes de boîtes de munitions et de chargeurs, des râteliers courant sur les quatre murs et supportant, emballées sous un film plastique, des armes, un assortiment pouvant équiper, au complet, une section d'assaut futuriste. Tous ces engins avaient été éprouvés comme les meilleurs, chacun dans sa catégorie. Ils étaient vierges d'empreinte digitale et la moindre indication de leur origine avait été soigneusement limée.

Morizio prit sous la table une valise en cuir, la posa sur le plateau et l'ouvrit. L'intérieur était garni de mousse. Il choisit un mini-pistolet mitrailleur VZ 61 Skorpion de fabrication tchécoslovaque, calibre 9 mm ; c'était l'arme de tous les services spéciaux du monde entier. C'était aussi l'arme favorite des terroristes de l'IRA et de l'ETA. Il choisit aussi un Sako SSR MKI, un fusil finlandais à lunette de visée pour le tir d'élimination silencieux avec ses balles subsoniques à pointe bleue. Si Ramon et Vincente devaient intervenir, ils auraient respectivement comme pistolet automatique un Llama M82 et un Beretta ; les tueurs peuvent être aussi chauvins. Morizio rangea le tout, avec les munitions et les chargeurs entre des blocs de mousse.

Il revint dans le séjour, plaça un disque dans le lecteur laser et, aux accents de Maria Callas, sur la table de la cuisine, il étala une peau de chamois, dégagea le Beretta du holster et minutieusement le démonta. Le 92 SB-F n'avait pas besoin de révision, il était fin prêt, mais pour Morizio, c'était une manière de se mettre en condition, comme l'opéra était son chant de guerre. L'arme avait été adoptée par l'armée et la police américaines qui venaient de délaisser le sacro-saint Smith et Wesson. Elle était tellement performante que les Français s'en étaient aperçus et, faisant fi de leur chauvinisme, la faisaient fabriquer, sous licence, par la Manufacture de Saint-Étienne, pour en doter la Gendarmerie nationale.

Le Beretta fut révisé et remonté en un rien de temps. Comme n'importe quel spécialiste du GIGN[1] ou de l'armée, l'Italien pouvait faire ces opérations les yeux bandés, mais dans le dos, avec une seule main, dans l'eau, dans la boue. Il s'examina au miroir du salon. Le stylet était bien logé dans la poche spéciale derrière son col de chemise. Il lui avait sauvé la vie contre les tueurs de Medellin. Le petit Browning Baby était attaché au mollet dans sa gaine ; il ne servait qu'à faire diversion.

Il arrêta le disque, prit les deux valises, ne jeta aucun regard en arrière. Il ferma son logis, sans état d'âme. Il alla au garage, prit son Alfa, posa ses valises dans la malle et avec un seul hochement de tête pour dire merci aux gardiens qui lui ouvraient la porte, il partit. Signe flagrant de nervosité chez lui, il avait allumé une Muratti.

Maintenant, il ne savait pas trop quoi faire. Il doutait. Il avait encore besoin de réfléchir. Il décrocha le téléphone de la voiture et composa un numéro. Une voix grave de femme lui répondit.

1. Groupe d'intervention de la Gendarmerie nationale.

— Bonjour Rose, vous êtes visible ?

— Mario ! quelle surprise ! Cela fait bien longtemps. Vous voulez venir ? Bien sûr, venez vite ! Je ne vous ferai pas de reproche, j'aurais trop peur que vous ne reveniez jamais.

Elle habitait Collonge-au-Mont-d'Or, un joli pavillon avec jardin sur la Saône. Elle était presque la voisine de Bocuse. Quelques années auparavant, elle officiait comme call-girl sous le nom de Flora. Elle n'avait pour clients que des messieurs sérieux. Morizio était de ceux-là, régulièrement, sans vice, pour accomplir la fonction hygiénique, vider le trop-plein. Un jour, il l'avait aidée à se débarrasser d'un proxo qui voulait lui appliquer les soixante pour cent. Une sorte d'amitié, plutôt une relation de connivence, s'était établie entre eux. Contrairement à beaucoup de ses consœurs, elle avait réussi à mettre suffisamment de blé de côté pour se ranger et ne pas redouter l'avenir. Elle n'avait gardé, comme relations, que trois ou quatre messieurs qui, avec le temps, en devenant très vieux, étaient aussi devenus très riches et lui assuraient l'argent frais nécessaire.

Elle accueillit Morizio, toute pimpante. Elle avait de beaux restes. Ils devisèrent un moment. Il fuma une autre Muratti. Elle lui demanda s'il voulait faire l'amour. Il ne répondit pas. Elle lui prit la main, le débarrassa de sa veste et sans sourciller détacha le holster et le déposa sur une desserte avec son inquiétant contenu. Elle l'entraîna sur un sofa dans la pénombre d'une véranda qu'ombrageait un buisson de seringa. Elle ouvrit son corsage. Elle portait un soutien-gorge mauve qui soulignait la blancheur et la plénitude de ses seins. Elle prit la tête couturée de l'Italien et la posa, là.

Il n'eut aucun recul, aucune attitude de vieux macho qui doit jouer son rôle jusqu'au bout, dans les derniers recoins de ses petites faiblesses.

Il soupira, signe d'une détresse certaine, et la vieille machine dangereuse s'abandonna.

22

Curveillé était vivant. La notion du temps avait disparu pour ne lui laisser que celle de l'espace restreint où il se trouvait confiné.

Dans un moment de lucidité et de volonté surhumaine, il avait pu quitter sa Lacoste et son tee-shirt. De sa main valide, en maintenant le sous-vêtement sous un pied, il l'avait déchiré en plusieurs morceaux.

Ses geôliers, pour qu'il survive et non par bonté d'âme, avaient descendu au bout d'une ficelle un vieux bidon de cinq litres rempli d'eau. Curveillé avait bu comme un animal une flotte au goût de peinture et s'était servi des lambeaux du tee-shirt en les imbibant de ce liquide douteux pour nettoyer ses plaies et emmailloter sa main tuméfiée. L'eau devait venir d'un fossé ou d'une mare polluée ou contenir des restes de diluant. Elle lui avait foutu une diarrhée insurmontable. Pour faire ses besoins, il s'était traîné à l'autre coin de son trou, là où quelques cageots s'empilaient. Il s'était nettoyé avec les étiquettes qu'il avait pu leur arracher.

N'ayant rien mangé depuis des jours, il ne sentait pas la faim, pas encore, ou c'était déjà trop tard.

En remettant la chemisette, il s'était interrompu

plusieurs fois, tant le moindre geste lui coûtait et tant le moindre frottement sur les plaies déclenchait des ondes de douleur atroce.

Il ne grelottait plus, la fièvre s'installait.

Dans sa déchéance, dans l'approche lente de la mort, il conservait très fort certains réflexes. Celui de l'homme qui garde sa dignité et veut, jusqu'au bout, affronter ses bourreaux, la tête haute. Celui de l'animal tapi au fond de chaque être humain dont l'instinct de conservation ne connaît pas de borne. Ainsi, avant de le voir ou de l'entendre, il sentit la présence du rat.

Le surmulot, attiré par l'odeur de la merde et du sang, venait de surgir de nulle part, sans se presser, attentif, presque débonnaire mais prêt à s'esquiver comme l'éclair. Il était énorme, nourri au grain, pas du tout affamé comme la plupart de ses congénères urbains dont la vie est une lutte obscure et sans merci entre partenaires tribaux plus audacieux et inventifs. Circonspect, il fit le tour de la fosse et de ses petits yeux féroces considéra la situation, le trou profond, l'homme presque moribond dont les chairs éclatées suggéraient des festins indicibles. Il ne connaissait pas ces ripailles gargantuesques mais il en gardait l'empreinte dans sa mémoire génétique comme un fabuleux dessert, ses ancêtres s'étant gavés, sur tous les champs de bataille, des viandes gaspillées par les rêves de grandeurs des despotes de l'histoire.

Le rat évalua les risques de la descente, les chances de retour. Il reviendrait avec son clan, à son heure. Il allait se retirer, sans se presser, pour continuer à inspecter son territoire, lorsque des pas le firent sortir de son apparente allure placide. Son pelage se hérissa, un rictus déforma sa gueule, il leva la tête et tendit les vibrisses raides qui parsemaient son museau. On venait dans sa direction mais il ne semblait pas être en danger. Il s'éclipsa plus rapidement qu'il n'était venu, sans hâte excessive pour bien montrer qu'il ne cherchait pas le conflit mais qu'il était le maître des lieux.

Courtilière était seul. Il se pencha et hurla.

— Il a chié, ce salaud ! Qu'est-ce que ça pue !

Après la torture, l'humiliation.

Curveillé veut se redresser, il est trop faible. Il reste affalé contre le mur.

— On n'a pas l'air de s'intéresser beaucoup à vous, gouaille Courtilière. D'après mes amis, le flic vous cherche beaucoup, il est prêt à remuer ciel et terre pour vous retrouver mais vous n'avez pas laissé de traces. Tout semble prouver que vous avez agi en solo. C'est pas bon ça. On va pouvoir vous achever. Après, il ne restera de votre passage sur terre même pas une chiure de mouche. On reprendra nos petites affaires et nul ne se souviendra du sale fouineur que vous êtes. Même le flic qui vous a envoyé au casse-pipe s'endormira sur le coup. Il aura d'autres chats à fouetter, d'autres emmerdes. Adieu Curveillé : le néant. Vous ne voulez vraiment pas me dire comment vous êtes arrivé à moi ? Cela abrégerait vos souffrances. Je crois que je ne vais pas vous achever. Je vais vous laisser pourrir ici.

Courtilière a fait glisser l'échelle, il est descendu dans la cuve et se tient, debout, appuyé au mur, en face de Curveillé. Il garde ses distances mais il ne risque rien, l'autre est en pleine dérive.

— Vous savez, reprend-il, vous êtes une sacrée énigme. Vous avez pu me trouver mais vous n'avez pas compris. Ces cons de l'Organisation n'ont pas moufté. Ils n'avaient pas intérêt. Ils n'auraient pas vécu une heure de trop en prison. Et puis, jusqu'au bout, même à l'heure qu'il est, ils ont toujours cru lutter pour la victoire du prolétariat, l'émancipation des masses. Foutaises ! Ils avaient besoin de fric, d'informations, d'armes, de planques, nous les leur avons fournis. Nous avons des amis dans tous les milieux, dans la police, dans la politique, cela leur a diablement servi. Au début, ils nous mangeaient dans la main. Quelle farce ! Cela ne les gênait pas d'être aidés par des types pleins aux as. Au contraire, ils nous trouvaient des tonnes d'excuses : nous étions des manars, des fils d'exploités qui avions réussi. Un jour, l'un d'entre eux m'a fait toute une démonstration sur Marx, bourgeois ayant épousé une riche baronne et qui, par la pureté de ses convictions, avait changé la face du monde. Quelle connerie ! Ils ont fait de gros coups, ont pris du poil de la bête, se sont émancipés. Nous aurions pu les rappeler à l'ordre, les recycler, en faire disparaître quelques-uns. Au contraire, on a laissé faire. Plus ils foutaient la merde, plus les gens avaient la trouille et plus cela servait notre cause. Quelle cause ?

Courtilière gesticule. Maintenant, il fait les questions et les réponses. Face à ce muet, il tombe dans l'autosatisfaction, dans le besoin de se justifier. Au lieu de faire parler, c'est lui qui raconte.

— Quelle cause ? répète-t-il. Nul n'a compris ! tu assassines, tu fais péter des bombes, tu attaques des banques, tu te réclames de Marx, de Mao, de la gauche et tout bascule. Des problèmes de la société, tu fais des slogans politiques simplistes. Les gens sont cons. Ils veulent être tranquilles, bouffer, dormir, baiser en paix. Ils réclament un ordre nouveau. L'ordre nouveau, c'est nous.

Il s'enflamme, Courtilière. Pour un peu, il se croirait haranguant une foule au garde-à-vous et ne perçoit pas le ridicule de la situation : un SS au fond d'un trou, qui fait la leçon à un moribond. Il continue.

— Depuis le bordel semé par l'Organisation, on a gagné des voix aux élections. Pas seulement autour de Lyon et de Paris, mais dans la France entière. Au moment de l'arrestation de ces dangereux terroristes, on a eu notre grand rassemblement, on s'est retrouvé à Strasbourg : Italiens, Allemands, Espagnols. Quelle fête ! La Nouvelle Phalange au complet. Finis les cocos, maintenant, on va s'occuper des Arabes, des Négros. On s'occupera des Juifs, plus tard. Déjà, le doute est dans les esprits. On est même arrivé à faire croire que les camps de concentration n'avaient pas existé. On a payé des historiens pour ça. Tous les partis d'extrême droite progressent. Gare aux métèques ! Dix ans avant, nous n'aurions pas pu exprimer nos idéaux : trop d'anciens combattants, de résistants, de déportés. Mais les témoins directs du passé disparaissent peu à peu. Déjà, nous avons pu semer le doute. Le terrorisme, les manifs qui se terminent en pillage, les jeunes qui s'attaquent aux vieux, autant de phénomènes que nous téléguidons. Dès qu'un Arabe fait une connerie, dès qu'un chômeur est aigri, dès qu'un locataire ne peut plus supporter son voisin de palier, nos sympathisants augmentent. Bientôt, nous pourrons développer nos thèmes au grand jour sans risquer la prison car nous avons une clientèle qui n'attend que cela : une nation supérieure, une race pure, le règlement définitif du problème juif et de tout ce qui lui ressemble de près ou de loin, un État fort dirigé par les meilleurs et ne s'embarrassant pas des conneries de la démocratie ; les Arabes, au boulot ou dehors !

Il est parti, Courtilière, plus rien ne l'arrête. Il ressort les boniments de tous les nazis. Pour un vague et riche entrepreneur de province, il a suivi assidûment les cours du soir de l'Internationale raciste. Il débite à son prisonnier les aberrations qui ont servi de base aux régimes sanglants de Mussolini et d'Hitler.

Curveillé aimerait pouvoir lui dire de fermer sa grande gueule. Il aimerait avoir la force de hurler qu'il préfère qu'on le tabasse plutôt que d'écouter une telle logorrhée de cynisme et d'abjection. Il ne peut, dans sa tête, qu'opposer des images : des stukas en piqué sur Guernica dévastée, le visage adorable, sous une grande casquette, d'un gosse de quatre ans qui lève les bras face à la mitraillette d'un soldat de la race supérieure, une belle femme, dans une rue d'une grande ville, qui sourit et cache, honteuse, l'étoile jaune qui la conduira à Auschwitz. Curveillé convoque ces images de *L'Impossible Oubli*. En un effort surhumain, il veut parler et sa bouche éclatée laisse sortir quelques borborygmes. Courtilière, intéressé, se penche en avant.

— Le Goff, croit-il entendre.

— Tu vois, tu parles quand tu veux ! Le Goff ? Tu plaisantes. Une façade, un fantoche. C'est nous qui sommes derrière pour prendre le pouvoir et foutre les gris dehors. Le Goff, on s'en sert ; il parle haut et fort, il a même réussi à se mettre les calotins intégristes dans la poche. On lui doit beaucoup, mais il faudra qu'il s'efface. Il tomberait facilement dans le style Mussolini, à s'écouter parler, à bomber le torse et à trousser tous les jupons qui passent à sa portée. Nous, on rétablira les tribunaux d'exception, une armée d'élite, une police de fer. Nous règlerons nos comptes avec ceux, à droite comme à gauche, qui nous ont mis des bâtons dans les roues. Les gens devront se plier. Il y aura des camps.

— Ordure ! gargouille Curveillé qui éructe un caillot de sang.

L'autre le gifle à deux reprises et remonte du trou par l'échelle. Soudain, à mi-hauteur, il se ravise et redescend en ricanant, s'approche du supplicié, lui saisit le bras bandé et, lentement, pour faire durer le plaisir, lui arrache son pansement de fortune. Le cœur de Curveillé s'emballe, ses muscles se tétanisent. Sa main griffe le sol et trace dans la poussière cinq traits où les doigts mutilés composent une coda étrange de notes de sang.

23

Morizio s'est, à nouveau, rendu à l'appartement de Curveillé. À nouveau, il s'est assis dans le Voltaire près du voilage de la fenêtre qui donne rue Mercière. À nouveau, il a pris cet aspect monolithique qui ne laisse place qu'à la concentration mentale.

Avant d'entrer, en discutant avec Sabah, il a fumé une Muratti. Cela lui arrive rarement et c'est le seul signe qui trahit ses graves préoccupations. L'associée de Curveillé se fait un souci monstre et l'Italien n'a pas su trouver les mots ni les arguments pour la rassurer. Il n'a jamais été bien doué pour parler aux femmes et qui plus est, à cette heure, il est tellement peu serein qu'il se sent incapable de communiquer des paroles d'espoir.

Dans le duplex, l'ombre devient nuit. Morizio immobile prend une allure de spectre ou de chevalier du temple égaré dans la modernité. Ses sens sont à vif, aiguisés jusqu'au paroxysme. Il veut être réceptif à l'extrême, ressentir ces ondes inexplicables mais réelles, sa seule chance, qui, d'un coup, d'un seul, déclencheront dans son esprit une idée, une image, un souvenir, qui lui donneront un début de piste. Il est blême, plus que d'habitude. Il vient d'entrer en religion. Il ne mangera plus, il ne boira plus tant qu'il n'aura pas retrouvé Curveillé.

Plus les heures passent et plus les chances de le retrouver vivant diminuent.

Un détail important, ici, lui a échappé. Quoi ? Il ne sait, mais, en lui, quelque chose le tracasse. Les bruits de la rue arrivent étouffés. La nuit s'installe. L'homme bouge à peine, seulement pour changer de position quand ses jambes ou son dos s'ankylosent. Pas une seconde, il ne s'assoupit. Le petit matin fait courir des rais de lumière qui, par le jeu des voilages, se rejoignent sur le socle du scriban à l'autre bout de la pièce. Des reflets naissent dans les motifs mexicains de la corbeille à papier adossée au meuble ancien.

Le miracle se produit.

L'Italien bondit du fauteuil, traverse la pièce en trombe, comme pris de folie. Il retourne la corbeille, vide, à l'exception d'un minuscule bout de papier. Il est chiffonné, mais le numéro de téléphone est parfaitement lisible.

Voilà ce qui lui a échappé la première fois qu'il est venu. Il se souvient avoir vu cette tache blanche au fond de la corbeille. Il ne lui a pas accordé d'importance. Cela aurait dû lui sauter aux yeux : Curveillé avait fait le ménage à fond, sans rien laisser traîner. Tout était impeccable, récuré, aspiré. Cette boulette de papier aurait dû partir à la poubelle avec le reste. Si elle est encore là, c'est qu'elle correspond à un des derniers actes du propriétaire des lieux. Il a composé ce numéro et, à partir de là, disparu.

Morizio domine sa précipitation, pianote les mêmes chiffres sur le clavier du combiné, le corps, le bras et le cou aussi tendus et raides que le tronc d'un olivier millénaire. Il est encore tôt dans la matinée. Plusieurs sonneries molles et désespérantes se succèdent. Morizio, le regard fixe et la mâchoire serrée, laisse sonner. Il éprouve un nauséeux vertige, la crainte de tomber sur un répondeur anonyme.

On décroche.

La voix est vivante, quoique morne.

— Oui ?

— Je voudrais des nouvelles de Pierre Curveillé, prononce Morizio d'un ton égal.

Un silence lui répond, le temps à l'interlocuteur de trouver une réponse qui vient d'une voix qui essaye d'être aussi désincarnée.

— Aucune personne ne correspond, ici, au nom que vous donnez. Vous vous êtes trompé de numéro.

— C'est impossible, réfute Morizio. Votre numéro est posé sur le bloc, là, à côté de son téléphone.

— Qui êtes-vous ?

— Un ami de Curveillé qui s'inquiète. J'habite pour quelques jours chez lui. Il ne m'a rien dit. J'ai pensé bien faire en vous appelant.

— C'est une erreur. Adieu.

On raccroche.

Morizio traverse l'appartement comme le torero entre dans l'arène au son d'un paso doble de la Banda municipale. Aucun viva, aucun olé, pas de cierge brûlant entre une vierge grave et un prie-Dieu baroque. Il pourrait simuler quelques passes devant un taureau imaginaire, *De Pecho* en bombant le torse, *Veronica* en tournant lentement sur lui-même comme si la bête fauve collait à son corps. Il pourrait essuyer avec soin pour la dixième fois la lame étincelante et courbe de *l'espada* car c'est le même état d'esprit qui animait Belmonte ou Cordobes *en la Hora de la Verdad.*

La glace de l'entrée lui renvoie l'image funèbre de l'alguazil détenteur des clés du toril. Il vérifie sa tenue fripée par cette nuit de veille. Il sort le Beretta, fait claquer la culasse en introduisant une balle dans le canon et le remet en place, sous son aisselle.

Maintenant, il n'est plus touché par l'appréhension et la sourde peur de ne pas savoir quoi faire et comment agir. Il regrette de ne pas avoir apporté du linge de rechange et son nécessaire à toilette ; il n'a pas coutume d'aller au contact mal rasé et pas net. Il pourrait faire quelques ablutions dans la salle de bains mais ceux avec lesquels il a rendez-vous sont peut-être très proches. Car il a rendez-vous, c'est sûr, il a répondu au téléphone en ce sens et, si ce qu'il imagine est arrivé pour qu'on s'empare de Curveillé, le même scénario va se jouer, sauf que les bonnes cartes ne seront pas dans les mêmes mains.

Il sort, la rue est déserte. Le bar Façade vient d'ouvrir, il s'installe près de la fenêtre et commande un café. Les heures passent. Le doute n'est pas permis. Les expressos qui se succèdent ont plutôt l'air de fossiliser le vieil homme en noir qui s'incruste dans la banquette en skaï.

Dès qu'ils apparaissent dans la rue où les passants se sont fait nombreux au fil des heures, l'œil acéré du Sicilien les repère. À leur mine vacharde, à leurs yeux qui furètent dans tous les coins, sans que la tête suive le mouvement, à leur gueule de doberman en liberté, ils ont bien l'air de ce qu'ils sont : des tueurs dont les vestes amples n'arrivent pas à dissimuler les excroissances que forment les énormes pétoires qu'ils portent sous le bras.

Arrivés devant l'escalier qui monte chez Curveillé, ils s'arrêtent un bon moment. Ils allument une cigarette, examinent les lieux. Ils conversent entre eux comme deux vulgaires pékins qui viennent de se rencontrer. Cela dure. Ce sont des pros. Quand ils sont certains que la rue ne fourmille pas de flics ou que chaque encoignure de porche ou de ruelle n'est pas occupée par un type aux aguets, ils montent les marches, vifs et bien soudés, dissimulant, à peine, leur précipitation. Ils sont doués, à moins qu'ils se servent de clefs piquées à Curveillé, car ils s'introduisent chez lui en un temps record malgré le système antivol supersophistiqué que le Lyonnais a fait installer par une boîte spécialisée dans la protection des lieux à hauts risques.

Bien entendu, ils font chou blanc et réapparaissent, pas du tout satisfaits. Morizio a réglé ses consommations directement à la caisse du bar et il est sorti. Très digne, il examine les divers menus qu'offrent les restaurants qui, dans la rue Mercière, sont tellement contigus qu'on peut se demander comment font les gens pour accéder à leur appartement. La muraille de vitrines est bien propice à servir de miroir pour suivre ce qui se passe dans son dos.

Les malfrats, en sortant de chez Curveillé, ne prennent pas la peine d'être aussi circonspects qu'à leur arrivée. Ils s'en vont à grandes enjambées.

Morizio se tient à distance, anodin, et bien lui en est car, à trois ou quatre reprises, les deux hommes, à tour de rôle, se retournent brusquement et dévisagent la foule, une main semblant chercher le portefeuille, sous la veste, mais sûrement posée sur la crosse d'une arme dont ils se serviront sans hésitation, quitte à bousiller les passants qui gravitent autour d'eux.

Ils marchent vite, traversent la place des Jacobins, prennent la rue Émile-Zola et la rue des Archers pour venir s'appuyer, place des Célestins, sur une Mercedes gris métallisé. Ils croisent les bras, se remettent à discuter, allument à nouveau une cigarette. L'observateur averti ne se fait aucune illusion, la manœuvre a pour but d'inspecter tout autour pour découvrir le ou les suiveurs éventuels.

La foule va et vient, se fout éperdument de ces types qui, dans leur suffisance de crapules bornées, ne prêtent pas attention au vieil homme qui arrive à leur hauteur. Celui qui se tient côté chauffeur brandit une télécommande pour ouvrir les portes de l'automobile. Ils s'engouffrent à l'intérieur mais ils sont surpris quand ils claquent leurs portières d'entendre un troisième claquement, avec un léger temps de retard. Ils se retrouvent trois dedans. Impossible de dégager une arme. Une Mercedes fait peut-être impression de l'extérieur, mais à l'intérieur ce n'est jamais qu'une bagnole : un volant, un frein à main, un autoradio, deux ou trois accessoires. Pour y baiser ou pour s'y battre quand on est grand et costaud, il faut passer les jambes par les fenêtres ou laisser les portières ouvertes. Les gros poings et l'artillerie restent à leur place, d'autant que le petit mec en noir a été prévoyant, lui, puisqu'il a sorti un vilain outil et que sa main ne tremble pas.

— Mettez vos ceintures. Direction quai de Saône, rive droite, vers La Mulatière. Je suis un tueur. Si vous faites un geste de trop, vous aurez fait votre choix.

Le conducteur obtempère. Son collègue jette par-dessus son épaule des coups d'œil mauvais qui ont l'air d'émouvoir le croque-mort qui les menace autant que le regard glacé d'une limace. La voiture s'engage sur le quai Jean-Jacques-Rousseau. De la pointe du Beretta, Morizio touche la nuque du chauffeur qui sursaute et l'interroge du regard dans le rétroviseur.

— Garez-vous, là.

Le type ne se le fait pas dire deux fois. Il freine à mort croyant surprendre Morizio, qui, froid, sans colère évidente, administre, à la volée, de toute la masse de l'automatique, une gigantesque claque en aller-retour sur les oreilles des deux truands.

Ça fait très mal et ça calme.

Quelque chose roule aux pieds de l'Italien. Il croit avoir une vision. Il se penche. C'est bien une montre de plongée, la vieille Yema de Curveillé.

La Mercedes est garée devant le pensionnat Bellevue, à une centaine de mètres du viaduc de La Mulatière. En face, de l'autre côté du fleuve, le port Rambaud.

— Je cherche le propriétaire de cette montre, dit Morizio.

— Tu peux chercher longtemps, on ne sait pas qui c'est, répond celui qui est assis à la place du mort.

— Si vous l'avez dépossédé de sa montre, il doit être mal en point, reprend Morizio sur le mode de la conversation.

— Tu crois ? dit le passager, c'est le moins qu'on puisse dire. Tu devrais vite t'en aller, petit bonhomme, car tu ne sais pas à qui tu as affaire. C'est beaucoup trop gros pour toi.

— Je crois, répond Morizio et son revolver tonne. Le bruit est effrayant dans le vase clos de la voiture.

La balle de 9 mm fait voler la rotule du crâneur avec une centaine de centimètres carrés du pantalon. Sur le coup, il ne sent ni la douleur ni l'horreur de sa situation. Hébété, il contemple son genoux emporté puis il comprend. Jamais plus il ne marchera normalement. Les meilleures prothèses lui permettront, peut-être, de claudiquer avec l'aide d'une canne. Lui qui a rêvé d'envoyer au four les Juifs, les Arabes, les vieux, les handicapés, il entre dans la catégorie des sous-hommes. Il hurle et tombe dans les pommes.

24

Le chauffeur a esquissé un geste. Le canon brûlant du Beretta l'a rivé au volant.

— J'ai trop besoin d'entendre votre histoire pour vous descendre tout de suite, dit Morizio. Vous voyez ce dont je suis capable. Conduisez-moi à Pierre Curveillé ou ce que votre copain vient de subir n'est rien à côté de ce qui vous attend.

La Mercedes, par le pont de Pierre-Bénite, a rejoint l'autoroute A 7. Elle fonce vers le sud. Il fait beau, la circulation est dense, à la limite de la saturation.

L'Italien a repris son apparence de gardien du Temple, taciturne et immobile. La climatisation fonctionne bien mais il a baissé sa vitre de quelques centimètres pour évacuer les odeurs de poudre et de sang. Le blessé geint de temps en temps, le choc le maintient en état d'inconscience.

Son compagnon a compris que, là où il conduit l'inconnu, là sera sa fin. Il le sait, mais ne voit pas comment retourner la situation à son avantage. Plus tard ? Quand ils descendront de la voiture ? Lorsque le bonhomme découvrira dans quel état ils ont mis son pote, il risque de devenir encore plus méchant.

Ils se sont fait avoir par plus fort qu'eux. L'instant est aux regrets, à l'apitoiement sur leur sort.

Le genou du copain en a pris un sacré coup ! Quel con aussi ! jouer au crack avec un pétard pointé dans le dos ! Sans sa connerie, ça se serait passé cool. Il suffisait d'expliquer au mec quelle était la situation, quels étaient les rapports de force, dans quel merdier il se foutait. Il aurait vite compris. On a beau être très fort, il faut savoir composer. Il y avait Courtilière. Le mec, quand il aurait saisi que Courtilière, c'était de la grosse pointure, il aurait baissé pavillon. Et même s'il n'avait pas voulu céder, Courtilière pouvait proposer un échange. Que va-t-il faire lorsqu'il retrouvera son pote à moitié disloqué ? Les tuer aussitôt ? Les faire crever à petit feu ?

Malgré la clim, il transpire, le salaud. Il a les mains tellement moites qu'il aimerait se les essuyer sur le pantalon mais il ne s'y risque pas. Il tente quelques mots et devant le mutisme de l'autre, il parle, il parle, raconte ce qu'il sait, cherche des excuses, essaye de préparer son interlocuteur à l'horreur à venir.

— Il a fallu le secouer un peu, votre ami, dit-il.

— Qu'est-ce que cela veut dire ? interroge Morizio d'un ton venimeux.

— Il savait des choses, il n'a pas voulu les dire.

— Il est vivant, j'espère.

— Oui, s'exclame l'autre, il est vivant mais vous avez là un téléphone, vous devriez discuter avec notre patron.

— Qui est-ce votre patron ?

— M. Courtilière, un grossium, très riche. Il est dans la politique.

— Député ?

— Non, c'est lui qui dirige le mouvement des Forces nouvelles.

— Extrême droite ?

— Oui, il habite pas très loin, un château entre Valence et Montélimar. Téléphonez-lui.

— Pour le moment, je veux Pierre Curveillé. Après, on verra.

— Il vous expliquera. Il peut vous donner un tas de fric.

— Fermez-la. L'ordre claque comme un percuteur sur une culasse vide. Le type est à deux doigts de se répandre dans son froc. Pour un peu, il pleurerait.

La voiture sort au péage de Valence-Sud. Pendant quelques kilomètres, elle emprunte la nationale 7 puis une route secondaire. À un croisement, elle descend du talus pour prendre un long chemin goudronné qui passe sous la voie ferrée. Le chemin traverse une peupleraie et débouche sur une ample surface plane où, autrefois, on a cultivé une vigne à vin médiocre. Le Rhône, par ses crues capricieuses et soudaines, a découragé les vignerons bien avant qu'EDF ne régularise son cours et fasse du fleuve dieu un large et malheureux fleuve tranquille. Très loin, des dragues impressionnantes plongent dans l'eau et prélèvent les sables et les graviers qui sont acheminés par des jeux compliqués de tapis roulants et de wagonnets aériens à une colossale usine à béton. Une douzaine de camions-toupies attendent leur cubage et se succèdent au pied de la station de chargement en une noria colorée. Un bourdonnement continu et profond masque tous les autres bruits. Entre le grand champ en friche et l'usine à béton se dresse un long bâtiment en pisé entouré d'un fouillis d'arbustes et de plantes non entretenues.

La voiture s'arrête dans une cour pavée de gros galets, derrière un rideau de saules, totalement à l'abri des regards.

— C'est là, dit le chauffeur.

— Allons, dit Morizio.

— Je vous préviens, s'il est en mauvais état, je n'y suis pour rien, a l'impudence de clamer le salopard.

— Ne perdons pas de temps. Inutile d'essayer de jouer au plus fin. S'il est vraiment là, je n'ai plus besoin de vous, alors...

Malgré la chaleur, le malfrat a des sueurs froides.

Morizio ne se préoccupe pas de l'autre qui a ouvert un œil mais ne semble guère capable d'une quelconque action. Avec sa guibolle en marmelade, il ne peut pas aller très loin, ce qui n'empêche pas les précautions élémentaires. Morizio le soulage de son gros automatique. Il fait de même pour le chauffeur avant que celui-ci ne se fasse des idées.

L'intérieur du bâtiment est frais mais l'Italien y note aussitôt une odeur écœurante.

La crapule lui indique le trou.

Morizio a de la peine à croire ce qu'il voit et pourtant, depuis son enfance, il a toujours côtoyé l'horreur. C'est bien Pierre qui est là mais dans quel état. Des hyènes s'en sont prises à lui.

Les muscles de la mâchoire du Sicilien palpitent, sa main se crispe sur l'automatique, le doigt se fait plus ferme sur la détente, l'envie de faire le ménage, dès maintenant, s'empare de lui, les quatorze cartouches restant dans le chargeur seront l'exutoire de sa rage vengeresse. L'arme est pointée sur le ventre du salaud qui se met à hurler.

— Non, ne faites pas le con !

Morizio se domine. Imperceptiblement, les vieux muscles se relâchent.

— Vous étiez donc trois à le torturer ? dit-il.

— Moi j'étais dehors, je montais la garde pendant que Courtilière et l'autre gars l'interrogeaient.

Morizio ne prend pas la peine de relever le mensonge. À quoi bon. Il faut rapidement sortir Pierre de son trou.

— Sautez dans la fosse et passez-le-moi avec toutes les précautions possibles.

L'autre y voit sa chance. Il se fait servile. Il indique, d'un geste, l'échelle appuyée contre un mur, va la chercher, la fait glisser dans la cuve, descend et ne s'aperçoit pas qu'il vient de se trahir en démontrant que ce n'est pas la première fois qu'il enchaîne ces gestes. Il prend dans ses bras le corps flasque du supplicié avec des attentions de mère poule. Il est fort, mais Curveillé n'est pas un bébé. Les privations ne l'ont pas fait maigrir. Pas trop. Il n'en est pas au stade des victimes de Dachau ou Mauthausen. Pas le poids, mais le masque et les stigmates. Morizio retire l'échelle et, tant bien que mal, arrive à soulever Curveillé. Le salopard, en bas, n'en croit pas ses yeux quand il voit s'éloigner, cahin-caha, le couple bizarre formé d'un mourant porté par un spectre. Ainsi, on ne va pas l'abattre, il va rester dans ce trou. C'est formidable. L'autre voulait son pote, il l'a. S'il veut le garder vivant, il faut qu'il se magne. Il s'en va. Bon voyage. Lui, il va falloir qu'il se mette à la diète et qu'il vive dans la puanteur de la merde de l'autre mais il s'en sortira. Courtilière finira par revenir ici. C'est une question d'heures, un jour ou deux, maxi. Après, on retrouvera les deux tocards et, cette fois, on leur fera bouffer leurs couilles ou ce qui en reste.

Morizio arrive à la voiture. Curveillé gémit. L'Italien est obligé de poser son ami dans l'herbe pour ouvrir la portière arrière. Pierre est au plus mal mais il faut qu'il tienne car il a une dernière mission à accomplir, un message à laisser.

Il ouvre la portière avant. Le deuxième salaud est revenu à lui et contemple, hébété, sa blessure en tenant, à pleines mains, sa cuisse. Il a beaucoup saigné mais la moquette de la Mercedes a tout absorbé.

— Fumier, je t'aurai ! hoquette-t-il.

— En attendant, sortez. Appuyez-vous sur mon épaule et n'oubliez pas que, si vous voulez faire le malin, mon automatique est exactement à l'endroit qu'il faut pour vous pulvériser la colonne.

Le type, dans le trou, s'affole quand il voit réapparaître le spectre servant de béquille à son copain. Lorsqu'il comprend qu'il doit réceptionner le blessé, il ne se pose plus de question et amortit plutôt mal le paquet qu'on lui balance, hurle comme un dément et tombe à nouveau dans les pommes.

Les voilà tous les deux dans la cave. Silence. Quelle paix. Le fantôme a disparu.

Dix minutes, un quart d'heure s'écoulent. À l'intérieur, on distingue à peine le bruit de fond de l'usine à béton. Dehors, tout s'est atténué. C'est midi. Les gars sont à la cantine. Les chauffeurs ont délaissé leur camion. On entend les cigales.

Soudain, dans le bâtiment, c'est l'apocalypse. La grande porte vénérable vole en éclats sous une poussée de titan. Dans un vacarme d'enfer, en marche arrière un camion-toupie s'arrête au ras de la cuve. La toupie tourne et ses rayures blanches et bleues dessinent une volute sans fin qui déverse dans le trou six mètres cubes de béton fluide et gluant.

25

Saryan contacté, de la voiture, par téléphone, a conseillé l'hôpital Saint-Luc.

Aux urgences, tout le personnel était aux aguets lorsque la Mercedes est arrivée par le quai Claude-Bernard. Les infirmières, les médecins n'ont pas posé de question. Ils se sont emparés de Curveillé en plein coma et Morizio s'est retrouvé seul. Personne pour lui dire si son ami allait s'en sortir ou si c'était trop tard.

On se mobilisait pour arracher à la mort un corps pantelant, il ne fallait pas demander, en plus, qu'on s'occupe des bien-portants.

Saint-Luc, c'est le numéro un en France pour les grands brûlés, les irradiés, les victimes des centrales nucléaires inaltérables qui finissent par se lézarder, un peu partout dans le monde. On peut faire confiance, les toubibs se sont fait la main, dans cet hôpital du centre de Lyon, sur tout ce qui existe en chair tuméfiée et corps traumatisés mais Curveillé n'est plus tout jeune. Après l'enfer aura-t-il les moyens et la volonté de revenir sur terre ? Morizio consulte sa montre. Il a fait téléphoner au commissaire Mardin et il croit que le flic tiendra parole, ce qui n'empêche pas certaines précautions. Il repart avec la Mercedes. Par une suite de rues de traverse puis de routes de banlieue bordées de pavillons gris, il arrive devant le haut portail métallique d'un casseur. On le connaît. Il paye très bien. On sait, aussi, qu'il est très dangereux. Le haut de gamme allemand est compressé en un bloc rectangulaire d'une tonne et demie, en un rien de temps. Depuis que le sculpteur César a immortalisé ses compressions, on se pose la question quant à la nature de l'objet, comme ils disent, dans les salons de Paris. Ils ont un sens artistique. Pas toujours, il est vrai. Surtout depuis qu'on sait qu'à la suite de la mort du fils de John Gotti, alias le Fringant, deux tueurs ont compressé, vivant dans sa voiture, le pauvre type qui avait eu le malheur d'écraser le rejeton du parrain n° 1 de la mafia new-yorkaise.

Morizio appelle un taxi, revient dans le centre ville et récupère son Alfa Romeo. Il ne prend pas le temps de remonter à Charbonnières. Il suit le même itinéraire que le matin, sort de l'autoroute avant Montélimar et n'a aucune peine à trouver, comme on la lui a décrite, la gentilhommière de Courtilière.

C'est une belle bâtisse, parfaitement entretenue, entourée d'arbres vénérables et de gazon ras. Les hautes grilles en fer forgé permettent de voir la maison du nanti. Impossible d'y accéder sans montrer patte blanche. On devine les caméras, on pressent les alarmes sophistiquées, on subodore les molosses haineux, tapis à l'ombre des berbéris, mais Morizio n'est plus pressé, il a tout le temps. Il sait que son heure viendra.

Il gare, en marche arrière, sa voiture sur un vague parking du hameau qui, autrefois, servait de dépendance au seigneur du lieu. Une seule route conduit à la propriété de Courtilière, elle est facile à surveiller. L'Alfa détonne entre un tracteur Massey-Ferguson qui a rendu l'âme et une benne à moitié remplie d'objets hétéroclites. Deux ou trois paysans, l'air soupçonneux, qui passent à plusieurs reprises, obligent l'Italien à chercher un autre endroit pour assurer sa planque. À la nuit tombante, il finit par opter pour un chemin de terre, entre deux haies, en espérant ne pas être remarqué par un inquiet nocturne. En sourdine, il écoute Maria Callas. Il n'a pas faim, pas soif, il n'a pas allumé une Muratti de la journée. La nuit passe.

La nuit passe mal pour Courtilière.

Quand on lui a fait part de l'appel téléphonique venant de chez Curveillé et démontrant qu'un autre type était dans le coup, il a cru bon d'envoyer ses séides répéter leur exploit. Après, plus de nouvelles. Tout l'après-midi, il a composé le numéro de la Mercedes, en vain. Mauvais. Il a réalisé qu'il ne pouvait laisser crever Curveillé, comme prévu, sinon il allait se trouver sans monnaie d'échange. Il a préparé, dans un sac en plastique, quelques provisions avec du pain et s'est muni d'un nécessaire à pharmacie. Il ne manquerait plus que Curveillé ait claqué entre-temps.

Dès l'aube, avec deux nouveaux sbires, il s'est rendu à son usine à béton. On embauche tôt sur les gravières. Après un entretien avec des techniciens pour donner le change, au retour, il s'est garé dans la cour du bâtiment en pisé, à l'abri des taillis.

Putain ! Une charge de béton n'a pu suffire. Le ou les gens ont fait plusieurs voyages et ces cons, sur le chantier ou à l'usine, n'ont rien signalé. Peur de se faire engueuler ou virer. Qu'est-ce que cela peut lui foutre, au patron ? Une tonne de plus ou de moins.

Les deux hommes ont dû patauger dans la soupe un bon moment avant que le ciment prenne. L'un n'a pu se maintenir debout, il s'est noyé. Seule, une main crispée émerge de la masse grise. L'autre, dont la tête et le haut des épaules apparaissent, est mort étouffé, dressé, sans doute, sur la pointe des pieds, respirant petit, jusqu'à ce que sa cage thoracique soit bloquée. Le visage exprime la terreur et les tendons du cou sont raidis à l'extrême, en un ultime effort vers le haut. L'ensemble ferait une belle composition pour un monument à la mémoire des victimes des camps si la symbolique de l'œuvre n'était pas rendue plus hermétique par la présence, en plein milieu, d'un rat énorme au rictus démoniaque. Avant de crever, il s'est tellement barbouillé de ciment qu'il ressemble à une de ces sculptures allégoriques qui décorent les chapiteaux des églises romanes.

Pour Courtilière, le message est clair. Il a affaire à des gens qui répondent aux coups par des coups, à l'horreur par l'horreur. Ce ne sont pas des flics. Il ne fallait pas s'attaquer à eux.

Il ne s'attarde pas et repart avec son équipe sans remarquer l'Alfa et Morizio qui, après avoir évalué le rapport des forces et la situation, ne s'est pas senti dans les conditions idéales pour l'ultime coup de balai.

Courtilière a compris que c'était cuit. Son univers s'écroule. Il a cru, en tuant Argos et Marie puis en s'emparant de Curveillé, qu'il avait réduit toutes les possibilités d'accéder à lui. C'était faux, il s'en rend compte sans savoir qui se trouve en face. Les renseignements qu'il a pu obtenir de ses amis fonctionnaires de police haut placés ont été fragmentaires. Curveillé était autre chose qu'un simple poisson pilote téléguidé par un commissaire soce. Curveillé était sûr de lui. Curveillé n'avait pas craché un seul renseignement sous la torture. Venait-il de la DST ? Courtilière l'aurait appris par ses amis. Le Mossad employait-il des goyim maintenant ?

Mieux vaut rompre. Il est temps de passer la main. Il a toujours su qu'un jour ou l'autre, cela pouvait arriver et qu'il faudrait partir, quitte à revenir lorsque d'autres auraient établi l'ordre souhaité. Il aurait pu faire appel à ses amis, aux dirigeants de ces partis qui, grâce à lui, sont en plein essor. À quoi bon les mouiller ? Ils ne pourront rien. Plus tard, qui sait, ils se souviendront de son attitude et lui seront reconnaissants.

Il fait sa valise : le strict minimum pour ne pas donner trop tôt l'alerte. Des documents, des adresses, des codes secrets pour des numéros de comptes dans des banques suisses, en Amérique latine, aux Caraïbes. Il doit passer par la Suisse. La Suisse où finissent toutes les saloperies, où les égouts du monde entier entretiennent la pureté des lacs.

Il s'habille comme un vacancier, jean, baskets, chemisette, petit pull, un peu comme Curveillé. Quand il sort, il est seul. C'est encore très tôt. Sa femme dort dans sa grande chambre, à part. Il ne lui manquera pas. Au contraire, elle disposera de tout son fric et continuera à se faire sauter par les copains de ses fils. Il téléphonera à sa fille, c'est elle qui prendra la relève jusqu'au retour.

La logique serait de prendre l'avion à Lyon-Satolas ou le TGV à La Part-Dieu mais ça faciliterait la tâche de ses poursuivants. Il prend sa voiture personnelle et part à l'aventure, sur l'autoroute, direction Lyon. Il regarde dans le rétroviseur. On ne le suit pas. Le flot de voitures est égal. Il est calme. Il est même étonné de ne pas se sentir frustré d'abandonner tout ce que son grand-père, son père et lui-même ont bâti. Pour un peu, maintenant qu'il a décidé de couper tous les ponts, il se sentirait heureux de changer de vie, de pays, de coutumes. Ce sera facile, il ne part pas sans biscuits. Il aura de quoi vivre largement. Au Brésil, en Uruguay, au Paraguay ? Là-bas, il connaît un village que d'anciens SS ont construit sur une colline, dans un cadre rappelant la Bavière. Les maisons ont des façades à colombages et sont couvertes d'ardoises. Une taverne sert des charcuteries importées d'Allemagne et, certains soirs, la Lowenbrau et le schnaps coulent à flot au son de *Wen die SS und die SA aufmarschiert*. Il ne reste guère d'anciens SS, mais ils ont bien éduqué leurs enfants et petits-enfants, cheveux courts ou tresses blondes. Les Amérindiens du village d'en bas fournissent la valetaille et les petites putes qu'on trousse sans ménagement pour affirmer la supériorité de la race. Courtilière s'y voit déjà mais, alors qu'il se trouve sur le périphérique qui va l'amener à l'autoroute Lyon-Genève, il réalise qu'avec sa BMW décapotable, il ne va pas passer inaperçu à la frontière. Il s'engage dans une bretelle qui le ramène vers le centre de la ville. C'est décidé, il prendra le train. Il arrive place Carnot, s'engage dans le parking de Perrache, gare sa voiture. Elle ne restera pas longtemps ici. Déjà, sans aucun doute, des yeux l'ont repérée et évaluée. Elle finira, avec une nouvelle immatriculation et une carte grise neuve dans une ville du Midi ou en Italie. L'Italie ! voilà la bonne idée ! Courtilière consulte les horaires des trains et tombe sur ce qu'il lui faut : un omnibus, départ de Lyon, qui, par Chambéry, Saint-Jean-de-Maurienne, Saint-Michel-Valloire et Modane, va jusqu'à Turin puis Milan. Idéal. Il entrera en Suisse par l'Italie.

Courtilière est à l'aise dans son compartiment. Le train est vide ou presque. Peu de temps après le départ, un vieux type est entré, costume noir et cravate sombre sur une chemise blanche fripée. Courtilière l'a considéré d'un air furibond pour bien lui faire sentir qu'il aurait pu s'installer ailleurs et jouir d'un compartiment pour lui tout seul. Le type s'est assis dans le coin opposé sans paraître le moins du monde incommodé par l'aspect rébarbatif de son presque vis-à-vis. Lorsque le contrôleur est passé, il s'est adressé à lui en italien. Vu de près, il n'est pas rasé et, si sa chemise a besoin d'un coup de fer, avec son costume, il a l'air distingué qu'ont tous les Italiens en habit du dimanche. Coutilière s'est complètement désintéressé de lui et fait de savants calculs à partir des documents qu'il a extraits de sa valise. L'homme ne bouge pas lorsque Courtilière manque de lui écraser les doigts de pied en se rendant aux toilettes. Sa valise ne le quitte pas.

En sortant, il ne comprend pas pourquoi ce putain de rital a ouvert la portière du train par laquelle s'engouffre un air violent et pourquoi ce tocard lui colle aux fesses. Un vieux pède ?

Il réalise mais trop tard. Une bourrade sèche et puissante l'envoie valdinguer dehors.

La chance ou la malchance pour ceux qui tombent d'un train, c'est de frapper de plein fouet un poteau ou un mur. Courtilière, lui, fait un large vol plané, le train abordant une courbe. Il atterrit dans un champ de tournesols.

Sur le moment, il croit qu'il a eu un coup de pot extraordinaire. Il a encore sa valise à la main. Il n'a pas mal, il ne sent rien. Il veut faire un geste. Il ne peut pas. Les tournesols, impassibles, ont refermé sur lui leurs têtes aux grains noirs et luisants.

En surface, rien ne trahit une présence. La récolte ne se fera qu'à l'automne. D'ici là, Coutilière, alias l'Horloger, sera mort. Avant, à force de voir toutes ces têtes qui le regardent pensives et muettes, il deviendra fou dans ce magnifique champ d'or qui répète à l'infini un des plus beaux tableaux de Van Gogh.

On est le 14 juillet. Le Festival de jazz de Vienne se termine ce matin, après une nuit grandiose où se sont succédé George Clinton, Take 6, Christian Escoudé, les New York Voices, Michel Camilo, Howard Allen, Pharoah Sanders, Eddie Gomez. Dans les gradins, après le café et les croissants chauds, ils sont encore quelques centaines au milieu des papiers gras, des boîtes de bière et de Coca, des vieux mégots et autres détritus. De leurs yeux bouffis, hypnotisés, sur l'air d'un saxo qui ne veut pas partir, ils regardent les rayons du soleil naissant pastelliser d'ocre et d'orange les façades des maisons. C'est l'instant grave où le Big Boss sent que tout rêve réalisé est une joie qui s'échappe. Son gang de bénévoles s'est soudé autour de lui en une dernière communion païenne. Un inconnu passe et lui serre le bras. Pour un peu le patron aurait les yeux humides mais tout le monde sait que la rosée est forte en pays rhodanien. Un vénérable noir tiré à quatre épingles, ombre du Count ou de Louis, traverse à pas comptés la scène désertée et dit avec du blues dans la voix :

— So long, Jean-Paul, see you next year.

DU MÊME AUTEUR

Aux Éditions Gallimard

Dans la collection Série Noire

BE-BOP À LOLA, *n° 2180*

L'HOMME AU MÉGO, *n° 2247*

Aux Éditions Baleine

CHICAGONE, *(Prix des Deux Rives).*

SÉRIE NOIRE

Dernières parutions :

2346. — LES LARMES DU CHEF — *Daniel Picouly*
2347. — RETOUR DE BÂTON — *A. B. Guthrie*
2348. — DERNIÈRE STATION AVANT JÉRUSALEM — *Alain Demouzon*
2349. — POINT MORT — *José-Louis Bocquet*
2350. — LES GUERRIERS DE L'ENFER — *Robert Stone*
2351. — MOURIR APRÈS LA GUERRE — *Max Allan Collins*
2352. — LA GRANDE MAGOUILLE DE 1944 — *Andrew Bergman*
2353. — LE PENSEUR DE VALLORBE — *Eliane K. Arav*
2354. — LE PENDU D'HOLLYWOOD — *Andrew Bergman*
2355. — ŒDIPE-ROI
2356. — TRÈS PRIVÉ — *Alexandre Valletti*
2357. — COUP DE CHAUD — *Philip Lee Williams*
2358. — LE PONT DE MOSCOU — *Pierre Léon*
2359. — LA FOIRE AUX SERPENTS — *Harry Crews*
2360. — PROTHÈSE — *Andreu Martin*
2361. — LA DANSE DE L'OURS — *James Crumley*
2362. — VENDEURS DE MORT — *Donald Goines*
2363. — J'ÉPOUSERAI PLUTÔT LA MORT — *Frédéric Castaing*
2364. — LA VIE DE MA MÈRE ! — *Thierry Jonquet*
2365. — GANGRAINE — *Elizabeth Stromme*
2366. — HAMMETT — *Joe Gores*
2367. — PARCOURS FLÉCHÉ — *Jean-Pierre Bastid*
2368. — CIRQUE À PICCADILLY — *Don Winslow*
2369. — L'OMBRE ROUGE — *Cesare Battisti*
2370. — TOTAL KHÉOPS — *Jean-Claude Izzo*
2371. — LA FACE CACHÉE DE LA LUNE — *Georgui Vaïner et Leonid Slovine*
2372. — HISTOIRE DE LA FEMME QUI AVAIT ÉPOUSÉ UN OURS BRUN — *John Straley*
2373. — PÉRICLÈS LE NOIR — *Peppe Ferrandino*
2374. — LES FILS PERDUS DE SYLVIE DERIJKE — *Pascale Fonteneau*
2375. — INNOCENT X — *Laurent Fétis*
2376. — JE M'APPELLE REVIENS — *Alexandre Dumal*
2377. — RN 86 — *Jean-Bernard Pouy*
2378. — LE MIROIR AUX ALLUMÉS — *Jacques Humbert*
2379. — LES RACINES DU MAL — *Maurice G. Dantec*
2380. — LE COCHON QUI FUME — *James McClure*
2381. — LA PELOUZE — *M. A. Pellerin*
2382. — UNE PETITE DOUCEUR MEURTRIÈRE — *Nadine Monfils*
2383. — LE PAYS DE DIEU — *Ray Ring*
2384. — J'AI CONNU FERNANDO MOSQUITO — *Rique Queijão*
2385. — M'SIEUR — *Alain Gagnol*
2386. — PIQUÉ SUR LA ROUGE — *Gregorio Manzur*
2387. — COMME VOUS ET MOI — *Seymour Shubin*
2388. — MARILYN LA DINGUE — *Jerome Charyn*
2389. — ZYEUX-BLEUS — *Jerome Charyn*

2436. — JÉSUS AUX ENFERS . . . . *Andreu Martin*
2437. — LA RELIGION DES RATÉS . . . . *Nick Tosches*
2438. — LE PROGRAMME E. D. D. I. . . . . *Serge Preuss*
2439. — LES EFFARÉS . . . . *Hervé Le Corre*
2440. — RÊVES PÈLERINS . . . . *Ray Ring*
2441. — PHALANGE ARMÉE . . . . *Carlo Lucarelli*
2442. — LES TREIZE MORTS D'ALBERT AYLER . . . . *Collectif*
2443. — VOUS PRENDREZ BIEN UNE BIÈRE ? . . . . . *Joseph Bialot*
2444. — LES LUMIÈRES DE FRIGO . . . . *Alain Gagnol*
2445. — AMIGO . . . . *Lars Becker*
2446. — NEVERMORE . . . . *William Hjortsberg*
2447. — SUEURS CHAUDES . . . . *Sylvie Granotier*
2448. — LES CURIEUX S'EN MORDENT LES DOIGTS. *John Straley*
2449. — LA CRÊTE DES FOUS . . . . *Jamie Harrison*
2450. — CET AMOUR QUI TUE . . . . *Ronald Levitsky*
2451. — PUZZLE . . . . *Laurent Fétis*
2452. — L'HOMME QUI ACHETA RIO . . . . *Aguinaldo Silva*
2453. — SIX KEY CUT . . . . *Max Crawford*
2454. — LE LIQUIDATEUR . . . . *Jon A. Jackson*
2455. — ZONE MORTUAIRE . . . . *Kelt & Ricardo Montserrat*
2456. — QUE D'OS ! . . . . *Jean-Patrick Manchette*
2457. — TARZAN MALADE . . . . *Hervé Prudon*
2458. — OTTO . . . . *Pascale Fonteneau*
2459. — UN PAYS DE RÊVE . . . . *Newton Thornburg*
2460. — LE CHIEN QUI VENDAIT DES CHAUSSURES *George P. Pelecanos*
2461. — LE TUEUR DU CINQ DU MOIS . . . . *Max Genève*
2462. — POULET CASHER . . . . *Konop*
2463. — LE CHARLATAN . . . . *W. L. Gresham*
2464. — TCHAO PAPA . . . . *Juan Damonte*
2465. — NOTES DE SANG . . . . *François Joly*
2466. — ISAAC LE MYSTÉRIEUX . . . . *Jerome Charyn*
2467. — LA NUIT DU CHASSEUR . . . . *Davis Grubb*
2468. — LA BALLADE DES PENDUS . . . . *Steven Womack*

Composition Nord Compo, Lille.
Reproduit et achevé d'imprimer sur Roto-Page
par l'Imprimerie Floch à Mayenne
le 28 mai 1997.
Dépôt légal : mai 1997.
Numéro d'imprimeur : 41597.
ISBN 2-07-049739-9 / Imprimé en France.

81059